龍の子、育てます。

坂

富士見L文庫

もくじ

イラスト　ジワタネホ

本書は、2022年から2023年にカクヨムで実施された「第8回カクヨムWeb小説コンテスト」で特別賞（カクヨムプロ作家部門）を受賞した、「龍の子、育てます。」を加筆修正したものです。

内容はフィクションであり、実在の人物や団体などとは関係ありません。

第一話　忘れ形見

じいさんが死んだ。

高校二年の、春が終わる頃だった。

享年八十四。

それが俺の父方の祖父、駿河《するが》総司朗《そうしろう》の一生だった。

葬儀場に足を運んだ俺は、親戚のピリつく視線を背中に感じながら、棺桶《かんおけ》の中で安らかに眠るその人物を見つめていた。

「久しぶりだな」

もう答えることのないその人物に向かって、俺は静かに声を掛けた。

誰にも受け入れられる事無く俺はここに立っている。

恐らくは、弔われる本人にすらも。

俺は幼い頃から人に距離を取られて生きてきた。

顔が怖い、威圧感がある、目つきが鋭い。

理由は様々だが、いずれも外見が原因だった。

おふくろは俺が小学二年生の頃に病気で亡くなった。親父《おやじ》は元々厳しい人だったが、おふくろが死んでからそれはますます顕著になっていった。

ろくに友達も作れない俺を親父は『社会不適合者』として咎《とが》め、俺は徐々に家に居場所を失った。

そんな俺を受け入れたのが、父方の祖父の駿河総司朗だ。

じいさんは親父と違い、物腰柔らかな優しい人だった。財産目当ての親族から利用される事も少なくなかったみたいだが、それでもいつもニコニコと笑みを浮かべているじいさんが俺は好きだった。

優しく俺の話に耳を傾けるじいさんの姿は、どこか死んだおふくろと似ていた。

それにじいさんの本を読んでいる姿は凜《りん》としていて、誰よりも格好好《よ》く見えた。メガネをかけて真剣な表情で本を読むじいさんの姿を見て、こんな人になりたいと子供ながらに密《ひそ》かに憧れたものだ。

広い屋敷《やしき》で、自分の身長よりも高い本棚に囲まれ、何千冊と言う書籍が溢《あふ》れる本の海の中で生活するじいさんは、さながら膨大な海を泳ぐ魚だった。

俺はその家によく遊びに行っていた。

家に居場所がなく、学校でも味方が居なかった俺にとって、じいさんの家はたった一つの拠《よ》り所《どころ》だった。

　なのに。

「もうここに来てはならん。いいな、詩音《しおん》」

　ある日突然そう言われ、俺は締め出された。

　事情も話されず、俺はただ居場所から拒絶された。


　最後に掛けられた言葉は今も忘れていない。

　何が悪かったんだろう、何をしてしまったんだろう。

　何度も問いかけて、自分を責めて、結局答えは見つからなかった。

　自責の念はやがてじいさんへの怒りに変わり、その気持ちは今も拭えていない。

　それなのに、俺を苦しめたじいさんは、棺《ひつぎ》の中でとても穏やかな顔をしていた。まるで何事もなかったかのように、安らかに目を瞑《つむ》っている。

「いい気なもんだ」

　本当はもっと酷《ひど》い言葉を掛けてやろうと思っていたのに。

　穏やかに眠るじいさんの顔を見ると何も言えなくなった。

　親族の奴らが遠巻きに俺を観察してコソコソと話している。俺はこの場に相応《ふさわ》しくない人間らしい。目の上のこぶのような存在なのだろう。あまり長居はしたくない。

踵《きびす》を返して出口に向かおうとすると。

遺族席の中に一人、見覚えのない少女が居た。

黒いワンピースに身を包んだ四、五歳くらいの女の子。背筋を伸ばして座る姿は美しく、大人びて見えた。

親族全員が恐々《こわごわ》と俺を見つめる中。

その少女だけは、黙ってじいさんの遺影を眺めていた。

無表情な顔で少女はじいさんが笑っている写真を黙って見つめている。

別れという感じではなかった。

ただ眠っている人を眺めるように、漠然とその子はじいさんを見ていた。

子供らしくない異質な雰囲気に、『死神』という言葉が脳裏に浮かぶ。

じっと見すぎたのか、俺の視線に気付いた少女と目が合った。

一体誰の子供だろう。不思議に思っていると「詩音」と声を掛けられた。振り向くと和美姉《かずみねえ》が立っていた。俺の実の姉で、今は結婚して姓が『井上《いのうえ》』になっている。親族の中では数少ない、俺に声を掛けてくれる相手だ。

「久しぶりじゃん。また派手になったねぇ。お葬式の時くらいせめて黒に染めたら？　ピアスの穴も増えてるし」

「うるせぇな……」

お金が無くて染められなかったとは言わないでおく。

「もう帰るの？」

「居ても仕方ないからな。じいさんの顔見に来ただけだ」

「父さんとは話した？」

「話すわけねぇだろ」

俺はチラリと遺族席に座る親父に目を向ける。厳しい表情だ。完全に厄介者扱いだな。

「……話すことなんて何もねぇよ。お互いにな」

そこで再び先程の少女が視界に入った。まだ俺の事を見てやがる。まぁ、この黒ずくめの中に一人だけ金髪の奴が居るのはさすがに目立つか。

すると和美姉が視線で察したのか「ちょっと耳貸して」と背伸びして俺に耳打ちした。

「あの子ね、おじいちゃんの隠し子みたい」

「はっ？」

聞き間違いかと思った。

「意味分かんねぇ。どういうこと？」

「私もよく分からないんだけど。おじいちゃんが亡くなった時、あの子が病院に電話したみたいなの」

昔、いつだったかじいさんがこんな話をしていた。

『詩音、今はまだ周囲の人達はお前にとって敵に思えるかもしれん。じゃが、お前がちゃんと向き合えば、敵は敵でなくなる。きっと、お前を理解してくれる味方になるはずじゃ』

『そんな奴、別にいらないけどな。じいちゃんがいればそれでいいよ』

『わしもいずれはお前の傍《そば》からいなくなってしまうからなぁ』

じいさんは少しだけ悲しげに笑うと、縁側に座り空に向かって遠い視線を投げた。

『お前がひ孫を連れてくるまでは、生きていられるといいのぉ』


「自分が子供作ってどうすんだよ……」

あの歳《とし》で隠し子？　にわかには信じがたい。

信じがたいが、どこか腑《ふ》に落ちた気がした。

俺がじいさんに「もう来るな」と言われたのは今から五年ほど前。ちょうどあの子が生まれた頃になるんじゃないだろうか。

以来、じいさんは俺だけでなく、親父や親父の妹の芳村《よしむら》の叔母さんですら来る事を露骨に嫌ったと言う。隠し子が出来たから親族を家から遠ざけたという訳か。

聡明《そうめい》で、穏やかで、優しくて。

俺を拒絶した人。

俺はじいさんの表面ばかりを見ていて、実は何も知らなかったのかもしれない。

遺影に写るじいさんの笑顔を見ていると妙に心に虚《むな》しさが湧く。

俺が見ていたじいさんの姿は孫に見せるために取り繕ったもので、本当の姿ではなかったのだろう。俺はまんまと騙《だま》された間抜けなガキって訳だ。

「詩音、大丈夫？」

和美姉の声でハッと我に返る。どの道、俺にはもう関係の無いことだ。

「そろそろ行くわ」

そう言ってその場を去ろうとした時、不意に服の裾をちょいちょいと引っ張られた。

何だと思って振り向くと誰もいない。視線を落とすと、件《くだん》の少女がいつの間にか俺の後ろに立っていた。予期せぬ登場に内心動揺する。

「ねえ」

それが、最初に聞いた少女の声だった。

「おじいちゃん、どうなったの」

ガラスが弾《はじ》けたように透明な澄んだ声と、仮面を張り付けたかのような無表情。小さく弱々しい声は、なぜかはっきりと俺の耳に届いた。

「どうして動かないの」

「何で俺に聞くんだよ」

「教えてくれそうだったから」

言われてみると確かに。周囲の大人はどいつもこいつも厳しい顔をしていて、子供の質問になど答えてくれそうにない。

ましてや、故人の隠し子となれば、尚更《なおさら》関わろうとはしないだろう。

「仕方ねぇな……」

弱った俺は頭を掻《か》くと、膝を突いて少女と視線を合わせた。

吸い込まれそうなほど透き通った瞳は、よく見ると綺麗《きれい》な琥珀《こはく》色だ。

そしてやっぱりこの子は、俺から目を逸《そ》らさない。記憶の中のじいさんと少し重なった。

「じいさんはもう起きない」

「起きない？」

「あぁ。ずっと眠り続けるんだ」

「眠る……」

言葉を咀嚼《そしゃく》するように、少女は静かに言葉を繰り返した。死というものを理解していなくとも、何となく二度と会えないことだけは察してくれたのだろうか。

俺はそっと立ち上がると、和美姉に向き直る。

「じゃあな、和美姉」

するとぐるるる、と葬式の場に相応しくない間抜けな音がどこからか鳴り響いた。お腹《なか》の音だ。俺と和美姉は顔を見合わせる。

あんた？　違う、そっちだろ。んなわけ無いでしょ。無言の会話。

お腹を鳴らしたのは件の少女だった。無表情でお腹を撫《な》でている。

「マジかよ」

俺が呟《つぶや》くと、和美姉は気が抜けたように薄く笑みを浮かべた。

「お葬式が終わったらファミレスにでも行く？」

「いや、俺は……」

「良《い》いじゃん」

和美姉は俺を見つめる。

「せっかく久々に会ったんだから、ちょっと話そうよ」

※

葬式が一段落つく頃、俺たちはじいさんの家の近所のファミレスにいた。

軽快な音楽が流れる店内にはほとんど客が見当たらない。お昼のピークが過ぎ、ちょうど今は谷間の時間らしい。店内の奥側にある六人がけのソファ席に俺達は案内された。

俺の隣には例の少女が座っている。向かい側には和美姉とその娘の岬《みさき》。岬は俺に怯《おび》えているのか、萎縮しているように見えた。

「岬は詩音と会うの久しぶりだっけ。ほら岬、詩音兄ちゃんよ」

「私……知らない。こんな怖い人」

「あっ？」

「ひっ！」

俺が少し声を出すと岬はサッと母親の陰に隠れてしまう。それを見て和美姉は「ちょっとやめてよね」と俺を睨《ね》め付けた。

「うちの娘を驚かさないでよ」

「別に驚かしてねぇよ」

「あんた人一倍目つき悪い上に、髪の毛は染めてるわピアスは開けてるわで見た目完全に悪者なんだから。ちょっとは自覚なさい。自分の印象コントロールも処世術よ。不機嫌そうな顔してないで笑ってみたら？　昔みたいにさ」

「……いつの話してんだよ」

和美姉が家を出たのは、七年ほど前だったか。

当時大学の准教授だった旦那の秀《しゅう》さんと学生だった和美姉が授かり婚をし、半ば勘当に近い形で家を出ていった。後に聞いたところ、実は計画的な妊娠だったのだと言う。親父《おやじ》は和美姉を何処《どこ》かの企業の社長とお見合いさせる気だったらしいので、逃げる意味合いもあったのだろう。

　幸いにして旦那の秀さんは三十代で准教授になるような、かなり優秀な人だった。

　その若さで准教授になるのは異例の経歴らしい。

　そんな人を一族に迎える事を親父が拒むはずもなく、おかげで和美姉は勘当にまではならなかった。今では実家と適度に距離を置きながら比較的良い関係を築いている。

　俺とは大違いだな、と思う。

「岬は何歳になったんだ？」

　尋ねるも岬は答えない。警戒しているのだろう。仕方なく和美姉が「六歳よ。次の誕生日で七歳」と溜《た》め息《いき》交じりに答えた。

「今年から小学一年生。あーんな小さかった子がこんなに大きくなるんだから、ホント不思議よね」

「……そうだな」

　俺が最後に会った時は、まだ園児でもなかった。時間が経《た》つのは早いなと老けた事を考えていると、和美姉が頬杖《ほおづえ》を突いて俺の顔を覗《のぞ》き込んだ。

「で、どうなの？　一人暮らし。うまくやってんの？」

「それなりだよ」

「仕送りほとんど使ってないって聞いたよ？　学校も行かないで無茶なバイトしてんじゃないの？」

「親父の世話になりたくないだけだ。学校もちゃんと行ってる。さっさと卒業して独り立ちしたいからな」

「家に戻る気はないの？」

「あんな家、頼まれても戻らねぇよ」

親父との確執が決定的になったのは、おふくろが死んでから二年後の小学四年の頃だ。

「お前、目つきがムカつくんだよ」

学校で上級生に絡まれ、一方的に殴られた事があった。教員を巻き込んでの大騒動となり、その連絡はすぐに親父まで届いた。

手を出さず最後まで耐え抜いた為《ため》、俺はかなりの怪我《けが》を負っていた。

騒動を聞いて駆けつけた親父は、怪我をした俺を見てこう言ったのだ。

「どうして上手《うま》くやれないんだ。手間をかけさせるな」

心配するでもない、ただただ冷徹なその言葉が、俺の親父への不信を確固たるものにした。

その時、俺は悟ったのだ。あいつにとって俺は息子なんかじゃない。期待を裏切るただの『失敗作』でしかないのだと。

そんな奴と一緒に居るのが嫌でじいさんの家に入り浸るようになり、結果としてじいさんからも拒絶されたという訳だ。

家に居る時間を減らしたくて無理やり遠方の高校に入学した。

一人暮らしの申し出をしたところ、意外なほどスムーズに通った。

今も生活費が定期的に振り込まれているのは親としてせめてもの温情だろう。

だが、俺はほとんどそれに手をつけていない。お陰で極貧生活だ。

嫌な事を思い出して苦い顔をしていると、例の少女が俺の顔を覗いていた。

「悲しそう」

悲しそう、か。そうなのかもしれない。

「……何か注文するか」

あえてその言葉には反応せず、メニューに目を向けた。すると「あ、ちょっと待って」と和美姉が言葉を挟む。

「もう少しで来ると思うから」

「来るって誰が?」

その時、店の入り口が開いて見覚えのある人物が入ってきた。すぐに誰か気づく。

「詩音、久しぶり」

従兄《いとこ》のシンジ兄《にい》だった。

黒い髪のショートカットに性別不詳な中性的な顔立ち。子供のようでもあり、達観した年相応の大人にも見える、不思議な雰囲気をまとった人だ。

おふくろの妹の息子だが、俺達と同じで親子仲は良くないらしい。お互いの立場が共鳴したのか何かとウマが合い絡むようになった。

和美姉よりも一つ歳上《としうえ》だったから、年齢は今年で二十八か。最後に会った時はデザイナー業の傍ら占い師もしていると言っていた気がする。そのせいか、この人と話しているとどうも心を見透かされているような気になる。

シンジ兄は俺達を見つけるや否や、嬉《うれ》しそうな笑みを浮かべた。

「詩音、親族の集まりに来るなんて久しぶりだね。来たんだったら声かけなよ」

「あんな状況下で声かけられるかよ」

「違いないね」

シンジ兄はおかしそうに口元を押さえクスクス笑うと、俺の横に座る少女に目を向けた。

「その子だね、噂《うわさ》の女の子。みんな大騒ぎしてたよ」

「そりゃあんな年老いたじいさんにこんな小さな子供が居たんじゃ誰でも驚くよな」

しかしシンジ兄は「そうじゃない」と俺の言葉を否定した。

「みんなが騒いでるのは、遺産の半分がその子に相続されてたからだよ」

「はっ？」

《この子は『龍の子』である。聖となるか、邪となるかは、貴君ら次第である》

じいさんの遺言書には、確かにそう記されていたらしい。

相続されたじいさんの遺産は全部で二億円相当。

そのうちの一億が――『龍の子』に割り当てられていたという。

「龍の子……」

「どういう意味かしら？」

俺と和美姉が首を傾《かし》げていると「さあね」とシンジ兄は肩をすくめた。

「もしかしたらどこかの有名人との子供なんじゃないかって、徹平《てっぺい》さん達が話してるのを聞いちゃっただけだから」

『徹平』とは俺の親父の名前だ。ちなみにおふくろは『雫《しずく》』と言う。

「でもそんな無茶苦茶な遺産相続、いくら遺言書に書かれていたとはいえ成立する？」

「反故《ほご》には出来るかもしれないね。その子を認知しているかどうかも関わってくるかもしれないし。聞いた話じゃ、戸籍が特殊だって」

「特殊ってどういう事だよ？」

「僕もあまり詳しくは知らないけど、総司朗さんの実子ではないっぽいね」

「実子じゃない？」

普通に考えればじいさんが隠れてどこかの女性と子供を作っていたというのが妥当だが、そうではないらしい。養子という事だろうか。

「お前、何者なんだ？」

尋ねるも、龍の子は真顔で首を傾げた。分かるわけ無いか、『自分が何者か』なんて。

「遺言書の中身ってそれで全部？」

和美姉の質問にシンジ兄は首を振った。

「土地の事とか、いくつか項目が分かれてるって。今は総司朗さんの家に集まって、弁護士さんと一緒に一個一個確認してるみたい」

「なるほどね。にしても隠し子に一億の相続かぁ。思い切った事するわね。正直見直したかも。おじいちゃん、親族に利用されてるだけの人だと思ってたから」

「でも戸籍上でも本当に総司朗さんの子だとしたら、この子は君達の叔母に当たるわけでしょ？　とんでもないね」

「叔母って……」

言われてみれば、この子がじいさんの娘だとしたら、戸籍上では親父の妹になるのか。

マジでとんでもないな、こんな小さな子が親父の妹なんて。何歳差だよ。

「そういやお前、歳いくつだ？」

ふと気になって俺が聞くと、龍の子はしばらく何かを考えるように宙を見つめた後、やがて指を五本立てた。

「五歳……か？」

「えっ？　今のそう？」

和美姉が目を丸くする。

「そうじゃね。ちょっと怪しかったけどな」

こいつ自身もよくわかっていないのかもしれない。

「じゃあ一億円も相続したのって、誰かが養育しろってことかしら」

「いくら何でも異常だけどな。そもそも、子供を育てるのってどれくらいすんの？」

「総額は私も考えた事なかったわ。でもさすがに一億はないと思う。年収五百万の会社員が二十年で稼ぐ額よ？　子育てがそんなに掛かるなら大半の家庭がやってけないわよ。シンジ兄さん知ってる？」

「僕が知るわけないでしょ。独り身なんだから」

「そう言えばシンジ兄さん、この前彼氏出来たって言ってなかったっけ？　あの人どうなったの？」

「別れたよ。今は女の子と付き合ってる」

「えぇ、すご。それってどういう感覚？」

「別に。ただ好きになった相手が男か女かの違いってだけだよ」

シンジ兄は話しながら和美姉と雑談を始めた。脱線し始めた二人を放っておいて俺はスマホに触れる。

子供一人の養育費は国立大なら三、四千万。医大で六千万程度らしい。やっぱりどう考えても一億は多すぎるな。自分がいなくなるから、せめてお金だけでもたくさん持っておいて欲しいという親心だろうか。

普通に考えたら二億の遺産の半分を隠し子にあげるなんて馬鹿げた遺言、揉《も》めるに決まってる。じいさんはそんな事も考えないほどボケてたのか。

「どういうつもりだよ、じいさん……」

何となく俺が呟《つぶや》くと、龍の子がテーブルに置かれたメニューを眺めている事に気がついた。その視線はチョコレートパフェの写真に向かっている。

「食べるか？」

「いいの？」

「そのために来たんだろ」

「じゃあ、食べたい」

もっと子供らしく素直に喜べば良《い》いのに、何だか機械と話してるみたいだ。この年頃の子供にしては妙に落ち着いているし、少し気味が悪いくらいだった。

俺はテーブルの向かい側でつまらなそうに座る岬に目を向ける。

「おい岬、注文するけど、お前もなんか食うか？」

「……ミートスパゲティ」

「ドリンクバーはどうする？」

「……欲しい」

警戒心を露《あら》わにしながらもちゃんと欲しいものは言ってくる。これくらいの方が安心出来るな。

「じゃあ頼むか。すんませーん、ミートスパゲティと、チョコレートパフェと、ドリンクバー人数分。あとこっちの二人にケーキセット二つ」

「詩音気が利くじゃん。気遣い出来る男はモテるよ」

「男に言われても嬉しくねぇよ」

「いいじゃん詩音。シンジ兄さんがモテるって言ったらモテるわよ。私も色々アドバイスしてもらったんだから」

「そう言えばそうだっけ。和美も随分イィ女になったね」

「まぁね。ポテンシャルがあるから、私」

「生意気だ」

「もういいってそういう話。勘弁してくれ……」

この二人と会うのはかなり久しぶりだったが、一瞬で体力を持っていかれるな。げんなりする俺を龍の子はジッと見ていた。見せもんじゃねぇぞ。

「ところで和美姉。聞きたかったんだけど、じいさんって亡くなる前どんな感じだった？」

「どんなって？」

「様子とか、態度とか」

「私もあんまり知らないわよ。おじいちゃん、ここ数年はお正月も一人で過ごしたいって言って、集まり流したりしてたし」

「今思えば、それもこの子のこと隠してたからかもしれないね」

しみじみと言うシンジ兄に、和美姉が首を傾げる。

「でもいくらなんでも変よね。全く気づかれずに養子を取るなんて出来るのかしら？」

「あの広い家だし、隠す事は出来なくないんじゃないかな。養子縁組はほら、どこかの敏腕弁護士を雇ったとか。総司朗さん、お金はあっただろうし」

「真面目で堅物だったし、愛人の子じゃねぇよな。友人の子って考えるのが筋か」

「ありえなくはないと思うけどね。総司朗さんだって男だし。妻が亡くなってずっと独りで、ある日素敵な女性に惹《ひ》かれて、連れ子が居たから預かっちゃったとか」

「……昼ドラみたいな事言うなよ」

「そうよシンジ兄さん。子供も居るのに」

「和美だって楽しんでるじゃん」

「バレた？」

「バレバレだよ」

するとシンジ兄はふと気になったのか「そう言えばこの子、名前なんて言うんだろ」と言った。

「名前？」

確かに、まだ聞いていなかったな。全員が龍の子に目を向ける。

すると龍の子は少し黙った後——

「りと」

と言った。

「りとちゃん？　変わった名前ね」

「どういう字を書くんだろう」

「さすがに漢字は分かんないんじゃね？　まだ五歳だし、ひらがなもやっとだろ」

すると龍の子はテーブルに置かれていた店内アンケート用紙にボールペンで文字を書き

始めた。俺とシンジ兄と和美姉、そして岬までもが顔を見合わせる。

彼女はサラサラと達筆な文字で。

『龍音《りと》』

確かにそう書いた。

※

「すごいわね、五歳で『龍』なんて漢字書けちゃうの。将来有望かも」

「やっぱり総司朗さんの教育の賜物《たまもの》かな。読書家だったし」

「さっきから何回その話してんだよ」

一時間ほどファミレスでゆっくりしていると、和美姉のスマホが鳴った。

「あ、もしもし父さん？」

穏やかだった席が一瞬で凍りつく。緊張が走った。

「今おじいちゃんの家よね？　遺言書は開封出来たの？　えっ、今すぐ来い？」

あちゃー、という和美姉の顔。あまり良くない状況らしい。ならばこんな場所に長居は出来ない。さっさと退散するに限る。

「んじゃ俺、先帰るから」

俺が立ち上がるとシンジ兄が「残念だね」と言った。

「もう行っちゃうんだ？　遺言書の中身、聞いていけばいいのに」

「興味ねぇよ。遺言にも遺産にもな。それより、面倒に巻き込まれるのはゴメンだ」

立ち上がってさっさと去ろうとした時、不意に手を誰かに掴《つか》まれる。

龍の子だった。名前は確か龍音だったか。

「何だよ」

こっちをジッと見たまま、龍音は手を離さない。相変わらず表情は読めなかったが、俺にはどこか縋《すが》っているようにも見えた。

いや、そんなはずないか。だって俺達は今日初めて会ったのだから。

「良いからお前は和美姉と一緒に戻れ。あとは親父《おやじ》が上手《うま》くやるから」

ふるふる、と龍音は首を振る。

「参ったな……」

「さすがのヤンキーも、こんなに可愛《かわい》い女の子に頼られたら放って帰れないんじゃない？」

「うるせぇな」

俺がシンジ兄を睨《にら》んでいると「えっ？　詩音も？」と和美姉の声が聞こえた。

「詩音も来いだって」

「何か、まずいみたい」

「俺も？」

「何で俺まで行かなきゃなんねぇんだ。関係無いだろ、遺産の相続なんて」

「無くは無いと思うけど……。お父さん、あんたに事情を聴きたいって言ってたわよ」

「事情って何のだよ」

「私も分かんないわよ。随分慌ててたみたいだったけど」

するとシンジ兄が珍しく顔を強張《こわば》らせる。

「揉めそうな雰囲気だね。総司朗さん、遺言書に詩音について何か書いてたのかな」

「俺について何書くんだよ」

「僕が知るわけないでしょ。和美は心当たりある？」

「いや、全く。もしかして、詩音にも遺産を相続させてたとか？」

「有り得ねぇだろ。……ねぇよな？」

「私に聞かないでよ」

騒いでいるうちにじいさんの家へと戻ってくる。親族はまだ中に居るみたいで、人の気配がした。様子をうかがっていると、龍音が俺の手をギュッと握りしめた。幼いながらも強い力だ。不安なのかもしれない。

和美姉が玄関の戸を開こうとすると、先に内側から開いた。

親父、駿河徹平が立っていた。

酷《ひど》く厳しい目をしていて、ただごとではないのが見て取れる。背後で岬が「ヒッ」と声を上げ、近くにいたシンジ兄の後ろに隠れた。

親父の視線は龍音と。

俺に向けられていた。

親父は靴も履かずに俺の方にずかずか歩いてくると、いきなり胸ぐらを掴んできた。

「何をした」

「あっ？」

「どこまで私に迷惑かけたら気が済むんだ」

「意味わかんねぇこと言ってんなコラ」

親父が俺を睨み、負けじと俺も睨み返す。一触即発の空気が満ちた。

「ちょっと父さん、落ち着いてよ」

「お前は黙っていろ」

和美姉が割って入るも、親父の勢いは止まらない。もはやいつ殴り合いになってもおかしくない状況だった。

「その子は一体誰の子だ？」

「知るかよ。じいさんの養子だろ」
「お前が関わってるんじゃないのか！」
「何言ってんだ。んなわけねぇだろ……」

言われた言葉の意味が分からず困惑していると、親父は一枚の紙を突きつけるように見せてきた。

《この子は『龍の子』である。聖となるか、邪となるかは、貴君ら次第である》
《龍の子は、我が孫にして徹平の子『駿河詩音』を世話役とする》

何だこれ……。

俺が絶句すると、「どういう事か話せ！」と俺の胸ぐらを掴む親父の手に力が籠められた。辺りが騒然とする。

「養子を引き取って遺産の半分を継がすなぞ正気じゃない！　今すぐ知ってる事を全部吐け！」
「俺が知るわけねぇだろ！」
「この子供、どうせお前の子だろう！　年老いた祖父を騙《だま》し、子供を使って遺産を奪おうとはどこまでも愚劣な奴め！」

「意味わかんねぇ事ばっか言ってんなよ、このクソ親父！」

親父の勢いは止まらない。話しながらどんどん怒りが加速しているのが見て取れた。

すると親父は俺を突き飛ばし「来いっ！」と龍音の手を思い切り掴んだ。

あまりに強い力に、龍音の顔が一瞬苦痛に歪《ゆが》む。

「嫌《や》だ……！」

龍音の瞳が大きく見開かれた。その視線は俺に向けられている。

抵抗する間もなく、龍音は親父に引きずられ家の中に連れ込まれようとしていた。誰も助ける人は居ない。見物客のように呆然《ぼうぜん》と俺達を見ている。

目の前で連れ去られる龍音の姿は、かつて誰にも助けてもらえなかった自分の姿と重なって見えた。

――もうここに来てはならん。いいな、詩音。

――どうして上手くやれないんだ。手間をかけさせるな。

忘れようとしても忘れられない言葉が脳裏に浮かぶ。呼吸が速くなり、手が震えた。

ここでこの子を……龍音を見捨てたら、俺まで同じ人間になっちまう。

「おい、待てよ。そいつから手ぇ離せ」

気づけばそう声を出していた。

「まだ居たのか。お前はもういい、さっさと出ていけ！」

「出ていくならそいつも俺が連れて行く！　いいから手ぇ離せクソ親父！」

俺は大きく足を踏みだし、親父に向かって飛び込んでいく。親父も顔を真っ赤にして龍音から手を離すと俺に向き合った。

今にも殴り合いが始まろうとした時。

龍音が俺の前に立ち、俺をかばうように親父に向かい合ったのだ。

「危ねぇから下がってろ！」

俺が叫ぶも、龍音は動こうとしない。

無理やりどかせようとして、思わず手が止まった。

先程まで眠たげだった龍音の瞳が、突如強く鋭くなっていたから。

五歳の少女が浮かべるにはあまりに強すぎる眼光。

その異質な雰囲気に親父ですら一瞬眉をひそめる。

それはまるで、本物の龍のような滾《たぎ》る瞳だった。

「おい！」

俺が後ろから肩を摑むと、ハッとしたように龍音の表情が戻った。そのまま龍音を引き寄せ、親父と距離を取る。

「その子をこっちへ寄越せ」

「今のあんたには渡せねぇよ。ちょっとは頭冷やしたらどうだ」

「何だと……？」

「その遺言書見てみろよ。世話役としか書いてねえだろうが。俺との繋《つな》がりなんか最初からねえんだよ」

　すると和美姉が「確かに」と同調した。

「『駿河詩音を世話役とする』とは書いてるけど、これだけで詩音が関わってるって言うのはちょっと無理があるかも」

「大体、こいつは五歳だ。俺の子だとしたら俺は十二歳でどっかの女を妊娠させたことになる。普通だとあり得ねえだろ」

「うっ……」

　親父は顔を青ざめさせる。頭に血が上って正常でなかったと気づいたようだ。

　和美姉がすかさず俺たちに割って入ってくる。

「ねぇ、お父さん。一回落ち着いてよ。事情なら私が聴くから」

　親父はジッと俺を見つめる。その瞳にはまだ俺に対する疑念が宿っていた。

「来い」

　親父が家の中に入ると、見物客のように状況を眺めていた父方の親族たちも家の中に戻って行った。和美姉とシンジ兄が顔を見合わせ、ほっと胸を撫《な》でおろしている。

「偉そうに言いやがって。謝罪一つねぇのかよ」

「でも良かったわね。どうなる事かと思ったわよ」

「一歩間違ってたら流血沙汰だったね」

「お父さん、昔から感情的になりやすいから」

龍音が俺の服をぎゅっと掴む。先程の異質な雰囲気はすっかり消え失《う》せていた。

「心配すんな」

「うん」

あれは見間違いだったのかもしれないと、この時は片づけることにした。

※

じいさんの家の大広間でシンジ兄と待機していると、親父《おやじ》から事情を聴いた和美姉が戻ってきた。和美姉から話を聞いた俺達は目を丸くする。

「親が存在しない？」

俺の言葉に和美姉は頷《うなず》いた。

「龍音ちゃんの元の名前は勅使河原《てしがわら》龍音っていうんだって。おじいちゃん、何かの事情で龍音ちゃんのご両親から引き取ったみたい」

「勅使河原ってうちの親族にはいないよな。じいさんの友達とかか？」

「さあね。龍音ちゃんのご両親の愛美《まなみ》さんと浩之《ひろゆき》さん、どちらも居場所が分からないらしいから、詳しい事は何とも」

「行方不明って事か？」

「それにこの勅使河原さんね、旦那さんも奥さんも、両方とも親族が全く居ないのよ。兄弟や親の確認も取れないって」

「つまり……どういう事だよ？」

「二人共、夫婦揃《そろ》って全く親族が居ないまま、急に戸籍上に出てきた事になるみたい。さすがに変よね」

「それで親父は遺言書を読んで俺が関わってるって思ったのか？」

「どこかの女の子と子供を作っちゃったから、おじいちゃんの養子って事にしてもらったんじゃないかと思ったんでしょうね。ほら、あんた昔おじいちゃんと仲良かったから」

「さすがに無理があんだろ……。俺は化け物かよ」

ただ、奇妙な話である事は確かだ。

龍音の実親である勅使河原夫妻の行方といい、不自然な戸籍といい、じいさんの遺言書の内容といい……あまりに謎が多すぎる。

念のため、龍音と俺の繋がりを後日ＤＮＡ鑑定で調べると言われた。

俺だけじゃない。俺と親父、親父の妹の芳村の叔母さんのＤＮＡも鑑定し、総合的にじいさんとの血縁関係を調査するという。

興信所に勅使河原夫妻の調査を依頼したり、俺達からDNA鑑定用のサンプルを採取したり、親族の意見を整理したり。色々と整えるのに一ヶ月は掛かると聞かされた。

一段落するころにはすっかり日が傾いていた。全員、どことなく疲れた顔をしている。今日一日で色々ありすぎたからな。俺も随分疲れた。

遺言書の遺産相続に関する内容は一旦保留。必要な調査を一通り行ってから、約一ヶ月後に改めて親族会で決定する事になる。

そして龍音は——

「何でこうなるんだ」

やっぱりと言うか何と言うか、俺が預かる事になった。

嫌な予感はしていたがまさか本当にこうなるとは。

俺がげんなりしていると和美姉が「仕方ないじゃない」と言った。

「その子、あんたにしか懐いてないんだから。お父さんは当然のように拒絶されてるし、他の家は全部嫌みたいだし、一時預かり出来る施設も急には見つからないし。そうなったら、唯一受け入れられてるあんたに預けるしかないでしょ」

「俺まだ高校生なんだけど。どうすんだよ、学校とかバイトとか。下手したら誘拐と勘違いされて近隣住民に通報されてもおかしくねえぞ」

「そこらへんはほら、上手《うま》くフォローするから。大家さんにも話通しとくし」

「元気出しなよ詩音。僕も一時的に預かったりくらいは出来るからさ」

「他人事《ひとごと》だと思いやがって」

俺はそっと溜《た》め息《いき》を吐《つ》いた。

「もういいや……。じゃあ和美姉、俺そろそろ帰るから」

「もうちょっとゆっくりしていったらいいのに」

「こんな場所でゆっくりなんて出来るかよ。もともと長居する気なかったんだこっちは」

いつまでもここに居ると何を言われるか分かったものじゃない。さっさと帰るに限る。

しかし帰ろうとして気づいた。龍音の姿がどこにもない。

「あれ、龍音知らねぇ？」

「どこ行ったのかしら？　さっきまでそこに居たと思ったんだけど」

「ったく、しょうがねえな。ちょっと捜してくるわ」

家の中を足早に巡る。

「おーい、帰るぞ。いないのか？」

声を出しながら家を見回るも、返事はない。

「早く出てこいよ」

和室や書斎などを捜すも、やはりどこにもいない。どこ行ったんだ。

「来ねぇなら置いてっちまうぞ」

こうして歩き回ると、改めて大きな家だと思った。ガキの頃は居心地の好《い》い場所に思えていたが、年老いた老人が独りで暮らすには少し寂しいような気もする。

家を見て回っていると、見覚えのある縁側にたどり着いた。昔、じいさんと本を読んだ縁側だ。

そこからは広い庭がよく見えた。樹々《きぎ》が生い茂り、庭はちょっとした森みたいになっている。家庭菜園の一帯があり、じいさんはよくそこで野菜や花を育てていた。

何気なく眺めていると、見覚えのある後頭部が目に入った。

俺はそっと溜め息をついて庭に出る。

「おい、帰るぞ」

花壇の前に屈《かが》む龍音に、俺は声をかけた。

彼女はそっと無機質な瞳で俺を見上げた後、またゆっくりと視線を花壇に戻す。

花壇には小さな花が咲いていた。鮮やかな青色の小さな花。

「おじいちゃんと育ててた」

「リンドウか」

正確に言うと、これはハルリンドウだ。春に咲くリンドウ。

リンドウを漢字で書くと竜の胆《きも》と書く。『龍の子』と遺言書に書いたのはそこから取ったのだろうか。いや、龍音と言う名前から取ったのかもしれない。

「ねぇ」

リンドウから目を離さず、龍音は小さく言った。

「おじいちゃんとはもう会えないの？」

俺はそこで気付いた。こいつ、無表情じゃない。ちゃんと寂しそうな表情をしている。

俺は、ただ気付けていなかっただけなんだ。彼女の繊細な変化に。

なんて言うべきか正直迷った。でも、誤魔化したくなかった。

「ああ、もう会えない」

俺が言うと彼女は大きな瞳で俺を覗《のぞ》き込んでくる。

「じいさんは死んだからな」

「死んだら、もう会えないの？」

「ああ。それが『死』だ」

「そうなんだ……」

龍音は再びリンドウを眺める。まるで、じいさんとの思い出を反芻《はんすう》するように。その寂しそうな姿が、過去の自分と重なって見えた。

「ただ、もしお前がじいさんに会いたいなら、目を瞑《つむ》ってみろ」

「どうして？」

「おふくろが死んだ時、和美姉が言ってたんだよ。母さんは心の中に居るから、目を瞑れば会えるって」

「心の中？」

「そうだ。お前にはじいさんとの思い出とかあるだろ」

「思い出……」

まるで何かを確かめるように、龍音は静かに俺の言葉を繰り返した。

本当はこんな話をするつもりはなかった。

ただ、龍音の小さな背中を見て、思わず言葉が出てきたんだ。

風がゆっくりと俺達を撫でていく。夕焼けが静かに草木を揺らし、夜の到来を俺達に知らせた。宵の色が混ざった空に星が瞬《またた》く。

「そろそろ帰ろうぜ。お前も一緒に来るだろ？」

俺が声を掛けると、龍音は小さく頷いて立ち上がった。

※

帰りの電車に乗っていると、疲れていたのか龍音はコテンと寝てしまった。

「おい、起きろ。次で降りるぞ」

「……お腹《なか》減った」

「クソッ、仕方ねぇな」

置いていくわけにもいかず、背負いながら自宅に向かう羽目になる。ヤンキーが幼女を背負っているのが目立つのか、視線が痛い。何で俺がこんな目に遭わなきゃなんねぇんだ。

「パフェたべたい……」

龍音は背中でむにゃむにゃと幸せそうな寝言を呟《つぶや》いている。

起きている時は凛《りん》としているイメージだったが、寝ると途端に崩れるな。人の気も知らないでいい気なもんだ。って言うかさっきパフェ食《く》ったばっかだろ。

俺のアパートは駅から十数分歩いた所にある。比較的新しいが、中はそこまで広くはない。あまり親の金に頼りたくなくて安いところにした。バイトを重ねて何とか暮らせているという感じだ。

「やっと帰ってきたよ……」

どっと疲れが出て思わずベッドに腰掛ける。龍音はそのまま横にして寝かせた。

「色々あって疲れたな」

俺がグッと体を伸ばしていると龍音が小さくうめき声を上げて目を覚ました。

「起きたか」

「ここ、どこ？」

「俺の家だ」

龍音はむくりと体を起こすと、眠たそうに部屋を眺めた。

「狭くて汚い」

「汚くはねぇだろ」

こう見えてもそれなりに掃除はしているはずだ。

確かに台所に洗い物は溜まっていて、カップ麺の容器も置きっぱなしで、先日出しそびれたゴミがベランダにあるけれど。これくらいは許容範囲だと思いたい。

すると龍音は俺の枕に顔を埋め、クンクンと匂いを嗅いだ。

「この枕、おじいちゃんと同じ匂いがする」

「あんま嬉《うれ》しくないな……」

好き放題言いやがる。ちょっとは遠慮しろっての。

じいさんは、何でこいつの世話係を俺にしたんだろう。意図が全然読めない。何か重要な意味でもあるのだろうか。

それに龍音とじいさんの間に本当に血の繋《つな》がりが無いのなら、何故《なぜ》養子として引き取ったのかも知りたいところだ。大体、何でじいさんが死んだのにこいつの親は姿を見せねぇんだ。ひとりぼっちになってしまった娘を放っておかねえだろ普通。

「まぁ、そのうち分かるか……」

俺はベッドに倒れこんだ。疲労のせいか、瞼《まぶた》が勝手に下りて来る。今日はもう、面倒なことは考えたくない。

俺が横になっていると、龍音も俺の腹を枕にして横になってきた。お互いクタクタだな。

「お前の親、捜さねぇとな」

「本当？」

「あぁ。お前は親元に帰る。俺は自由の身。それで良《い》いだろ……」

瞼が重い。意識が途切れそうだ。

「短い間かもしんねぇけど……よろしくな、龍音」

「よろしく、詩音」

そして俺達はほぼ同時に眠りについた。

これが俺、駿河詩音と『龍の子』龍音との出会いだった。

第二話　赤い瞳

朝、カーテンの隙間から漏れ出る光で目を覚ます。

瞼が重い。眩《まぶ》しい。まだ寝たい。欲望が忠実に脳内に溢《あふ》れる。

「もう朝かよ……」

スマホを眺めると時刻は七時半だった。休みなのに、ずいぶん早くに目が覚めてしまったものだ。寝ぼけながら目を開くと、すぐ目の前に見慣れぬ幼女の顔があり思わず「おわっ」と体を起こした。一気に目が覚める。

「ビックリした、油断してたな……」

そうだ。俺は昨日、こいつを連れて帰ってきたんだ。

龍の子、龍音《りと》。

この五歳の女の子を、半ば押し付けられるような形で俺が面倒見ることになった。

「詩音《しおん》……？」

俺の声で目覚めたのか、寝ぼけ眼で目元をゴシゴシ擦りながら龍音は身体《からだ》を起こす。

「悪い、起こしたな」

「いつもこれくらいに起きてる」

「すっかりじいさんの習慣が染み付いてんのな……」

今日は日曜か。学校がないのはせめてもの救いだな。

そう思っているとぐぅっと情けない音がして、思わず力が抜ける。龍音の腹の音だ。

「お腹減った」

「お前いつも腹減ってんな。……トーストでも食べるか」

「目玉焼きも食べたい」

「卵ねぇよ」

トーストを焼いて出してやると龍音はもぐもぐ食べ始めた。まるで木の実を見つけたリスみたいだな。牛乳を置いてやると両手で丁寧にコップを持って口へ運んでいる。

「落ち着いてゆっくり食え。別に急いでるわけじゃねぇから」

思わず呆《あき》れ笑いがこぼれ出た。

五歳の子供というからどんな食い方かと思ったが、龍音の食べる作法はかなり綺麗《きれい》だった。じいさんが意外としっかりしつけをしていたらしい。

何気なく窓の外を眺める。空が青くてよく晴れていた。鳥の声が聞こえ、穏やかな朝の到来を感じる。こんな風に誰かとゆっくり朝を過ごすのは久しぶりかもしれない。そんな当たり前の事を今更実感した。

食事を終えて歯を磨く。予備の新しい歯ブラシがあったので龍音用に下ろした。

「ほれ、ちゃんとゴシゴシして磨け」

「ん」

「にしてもお前、ずいぶん歯が鋭いな……」

龍音の歯茎には尖《とが》った歯が何本も生えていた。八重歯というにはあまりに鋭い。まるで肉を食べるために生えたような印象を受ける。

《この子は龍の子である》

じいさんの遺言書の一節が思い起こされた。

「まさかな」

俺の言葉に、龍音は不思議そうに首を傾《かし》げる。

「まぁとりあえずそれ食ったら行くか」

「どこに？」

「買い物だ」

※

近所にある全国チェーンのカジュアル衣料品店に足を運ぶ。

プライベートブランドを取り扱っている店で、値段もリーズナブルで種類も豊富。俺も普段からよく使う店ではあるのだが。

そんな店の子供服コーナーで、俺はじっと値札と睨《にら》めっこしていた。

「子供用の服って案外高いのな……」

ちょっとしたシャツでも千円。下着やら靴下やら最低限必要な分を揃《そろ》えるだけでも結構な値段になる。限界生活状態の高校生には酷な金額だ。

「この服でいい」

龍音が葬儀に着ていた黒のワンピースを指し示す。五歳の子供にまで気を遣われているとは、我ながら堪《たま》らなく情けない。

「ダメだ。ずっとこのワンピースばっか着てる訳にもいかねぇだろ。俺のシャツ着るにも限度があるしな」

しかしどうしたもんか。これ全部買うと今月昼飯抜きになるぞ。

一人で子供服を抱えていると視線を感じた。周囲の客がチラチラとこちらを見ている。金髪のヤンキーが子連れで子供服を眺めながら唸《うな》っているのだ。目立たない方が無理かもしれない。

「何見てんだ」

俺が凄《すご》むとサッと気まずそうに視線が散った。昔からこの目つきで散々な目に遭ってきたが、こんな時くらいは役に立つもんだな。

その時、不意にスマホが鳴った。和美姉《かずみねえ》だ。

『詩音？　あんた今どこいんの？』

「どこって、近所の服屋だよ」

『今日休みでしょ？　暇だったらちょっとおじいちゃんの家に行かない？』

「何で？　じいさんの家なら昨日行ったばっかだろ。面倒臭ぇよ」

『車で迎えに行ってあげるわよ。あんた、昨日さっさと帰ったから龍音ちゃんの生活用品持って帰ってないでしょ？　お父さんに許可貰《もら》っといたから。取りに行こうと思って』

「すぐ行く」

『手のひら返すの早すぎない？』

電話を切った俺は龍音を抱えて即行で待ち合わせ場所の駅前に向かった。

待ち合わせ場所にたどり着いたのに焦りすぎてそこら中を闊歩《かっぽ》する。俺がずかずかと歩く度に、道行く人々が怯《おび》えたように避けて行った。

「詩音、チンピラみたい」

「誰がチンピラだ」

五歳にメンチ切る十七歳の姿がそこにあった。

するとすぐに車のクラクションが鳴らされる。和美姉の車だった。

「ごめんね、待った？」

「全然待ってないし、大人しくしてたぜ」

「詩音、ずっと周りの人を威嚇してた」

「余計な事言うな」

後部座席に乗ると、助手席に岬《みさき》が座っているのが目に入る。

「岬も悪《わり》ぃな、付き合わせちまって」

俺が声を掛けると岬は「別に」とそっぽを向いた。

「まだ俺の事ビビってんのか？　そろそろ慣れろよ」

「ビビってなんかない！」

「じゃあ車出すわよー」

和美姉の運転に揺られて流れていく景色を眺める。

少し窓を開けると涼しい風が車内に流れ込んできた。

車に乗っている龍音は、心なしかウキウキしているように見える。じいさんと暮らしていた時はあまり外に出ていないみたいだったから、外出するのが珍しいのかもしれない。

しばらく車を走らせると、やがて見覚えのある景色が見えてきた。

じいさんの家が近づいてきている証拠だ。

「この辺、ガキの頃によく来てたな……」

すると不意に車が停止した。丁度じいさん家の最寄り駅の前だった。

「詩音、ここから歩いてもらって良い？　ちょっと駐車場探してくる」

「マジかよ」

さすがに歩くにはまだ少し距離がある気がする。

「じいさんの家の辺り駐車場ないんだっけ。どうせなら家の前まで送ってくれよ」

「あそこらへん道が入り組んでたり一方通行だったりで微妙に面倒臭いのよ。先に停《と》めちゃいたいなって。岬は私が連れて行くから」

「仕方ねえな。ならちょっと歩くか。俺もこの辺改めて見てみたいし。行くぞ龍音」

「うん」

車を降りてじいさんの家に向かう。昨日は久々に親族に会うわ龍音を預かるわで全く感慨に耽《ふけ》る余裕もなかったが、よくよく考えればこの辺は俺にとって懐かしの場所でもあるのだ。ガキの頃はよくじいさんの家に行ったたし、おふくろの入院していた病院にも近かったので足を運んだものだ。

この辺りは俺の実家から自転車で三十分くらいだ。駅前の飲食店は多少入れ替わりも見られたが、それでも基本的な街並みは変わらない。どこか懐かしさを感じた。

何となく景色に目を奪われながら歩いていると、不意に龍音が脇道に入っていった。

「おい龍音、そっちじゃねぇよ」

「こっちの方が近い」

「あぁ？　本当かよ」

龍音に連れられて行くと急に石段が出現した。よく見ると大きな鳥居が石段の先にある。

この先は神社に繋《つな》がっているようだ。

「おい、あんま離れんなよ」

よく見知った道なのか、龍音はどんどん先に進んで行ってしまう。俺は頭を掻《か》きながら
その後ろ姿を追った。段数はあるが緩やかな石段の為《ため》、上ってもそれほどキツくはない。

石段を上りきると、石柱に神社の名前が書いてあった。

「源龍《げんりゅう》神社……」

鳥居をくぐり、境内へと足を踏み入れる。

大きなお社《やしろ》を囲むように樹々《きぎ》がひしめき合い、すぐ近くには御神木も立っていた。手水《ちょうず》
舎《や》や龍のような見た目の狛犬《こまいぬ》まで置かれている。神社の名前からしても、祀《まつ》られているの
は龍神だろう。

どこか見覚えがあるのは、昔来た事があるからか。かなり漠然とした記憶だが、ここで
誰かと遊んだような気もする。

境内は東西南北の四方向にそれぞれ入り口があり、通り抜けが出来るようになっていた。

どうやら俺が元々通ろうと思っていた道は随分迂回《うかい》するルートだったようだ。確かに神社

を抜けるとまっすぐじいさんの家へとたどり着ける。

「ここ、たまにおじいちゃんと歩いた」

「ふーん……」

龍音のことはずっと家に幽閉していたのかと思っていたのだが、どうやらそうでもないらしい。

ぶらぶら見物しながら中に入ると、御社殿の近くに人が立っていた。赤い袴《はかま》に白い装束。巫女《みこ》だ。かなり若い女性で、バイトにも見える。神社に巫女が居る光景が珍しくてついジッと見ていると、不意に目があった。見すぎたか。

するると巫女はこちらに歩いてきた。

「あ、あの」

「えっ？」

声を掛けられるとは思わなかった。

「す、駿河《するが》君、ですよね」

「何で俺の名前知ってんだ」

「私の事、わかります？」

「いや全然。誰だったかな」

顔を覗《のぞ》き込むと、相手が一歩身を引く。

誰かは分からないが、見覚えのある顔なんだよな。どこで見たんだったか。

髪の毛で目元が隠れているからか、いまいち分かりづらい。

「あんた――」

俺が言葉を紡ごうとした時、スマホが鳴った。和美姉だ。

『詩音、今どこ？　もうちょい掛かりそう？』

「もう近くまで来てる。あと数分で着くと思う」

和美姉と分かれて結構経《た》ったから、いつの間にか追い越されてしまったらしい。のんびりしすぎたか。

俺は電話を切ると「急ぐぞ」と龍音に声を掛ける。

「んじゃ、俺たち急いでるんで」

「あ……」

何か言いたげな巫女を置いて、俺たちはじいさんの家へと向かった。

※

「遅い！」

俺たちがじいさんの家にたどり着くと、先に到着していた和美姉がむくれた顔で出迎えてくれた。

「仕方ねぇだろ。色々見て回ってたら時間掛かっちまったんだから」

「女性を待たせといて最初に出てくる発言がそれ？　男としてどうかと思うけど」

「主語がいちいちでかいんだよ和美姉は……」

「とにかく、早く中に入って服まとめるわよ。それから車に岬のお下がりも持って来てるから、後であげるわ」

「マジで？　良《い》いのか？」

「ウチではもう着ないからね。どうせ捨てるだけだし。でも下着とか靴下とかはさすがに無いから、おじいちゃんの家で揃えないと」

「和美姉……ありがとう」

ありがたすぎて涙が出てきた。思わずその場にしゃがみ込む。和美姉が呆《あき》れたように腰に手を当てた。

「何よ、らしくないわね。そんなに困ってたの？」

「正直めちゃくちゃ助かった。子供服って意外と高いんだな……」

「そりゃそうよ。種類も多いし、あっという間に小さくなっちゃうんだから。買い替えだってしょっちゅうよ。普段私がどれだけ気を遣ってるかちょっとは知りなさい」

これだから一児の母には頭が上がらない。とにかくこれで一応、最初の窮地は乗り越えたというわけだ。

「あとは細かい生活用品の回収ね」

テキパキと話した後「そうそう」と和美姉は続ける。

「それから龍音ちゃんとおじいちゃんの歯ブラシも持っていかないとダメなんだった」

「何で？　歯ブラシならうちで新しいの使ってるけど」

「DNA鑑定に使うんですって。詩音の分も後で送りなさいよ」

「血液採取とかの方が良いんじゃねぇの？」

「それがあんまり変わんないんだってさ」

専門的な話はさすがによく分からないが、和美姉がそう言うならそうなのだろう。

「とりあえず家の中入ろうぜ」

和美姉と共に龍音の生活用品を集めていく。とはいえ、大まかな服や小物さえ手に入れば後は俺の家でも賄えそうだ。

色々探し回るうちにあっという間に数時間が過ぎた。

ふと、龍音が縁側から庭を眺めているのに気がついた。また庭の花を眺めている。じいさんと花を育てていた時の事を思い出しているのかも知れない。

「一通り揃《そろ》ったけど、やっぱり龍音ちゃんの出生に関する物は見つからなかったわね」

「それが目当てかよ」

「当たり前じゃない。龍音ちゃんについてちゃんと知っておかないと」

その時スマホのアラームが鳴った。何のアラームかと思って「やべっ」と声が出る。

「よく考えたら今日バイトだった。和美姉、悪ぃけど龍音のこと任せてもいいか？」

「じゃあ送るわよ。どうせそろそろ出るつもりだったし」

「助かる」

※

じいさんの家を出た俺は、和美姉の車に乗ってバイト先へと直行した。

俺は自宅から徒歩三十分ほどの距離にあるファミレスでキッチンのバイトをしている。

龍音の服を自宅に運ぶ時間がなかったので、和美姉には俺の家の鍵を渡した。家に荷物を運んだ後、鍵を返してもらう手はずになっている。

「和美姉、送ってくれてありがとな。あと荷物も頼んだ」

「はーい。お仕事頑張って。後で鍵返しに行くね」

「龍音、和美姉の言うこと聞いて大人しくしとけよ」

俺が言うと龍音は真顔でサムズアップしてくる。どこで覚えたんだよその仕草。

「相変わらず何考えてるかわかんねぇ奴だな……」

和美姉たちと別れて店へと入り、奥の従業員控え室でタイムカードを切った。

「何とか間に合ったな……」

「駿河君」

急に後ろから声を掛けられギクリとする。社員の釘塚《くぎづか》だった。

「釘塚さん……お疲れ様です」

「今日は随分遅い出勤なんですねぇ」

社員の釘塚は、出来れば会いたくない相手の一人だ。見た目は真面目そうな男だが、俺はこいつほど質《たち》の悪い人間を知らない。こいつに比べたら、親父《おやじ》の方が百倍マシだ。

俺が視線を逸《そ》らすと釘塚が誰も居ないのを確認して俺に近づいてくる。

「前言ったよな、三十分前に来て清掃から始めろって。何で時間ギリに来てんだよ」

始まった。こいつと二人になるといつもこの調子だ。

「すんません。今日はちょっと色々用事があって」

「だから、始業の三十分前を見越して動けって言ってるんだよ。今時、どの会社でも当たり前にしてる事だぞ？　俺は社会の常識を教えてやってるんだよ。お前の為を思って言ってやってるの、分かってるか？」

「……はい」

タバコ臭い息に思わず顔をしかめそうになる。舌打ちするのを何とか堪《こら》えた。逃げるように更衣室へ行きユニフォームに着替えると、「清掃行ってきます」と従業員控え室を出る。

キッチンの清掃をしていると「駿河君」と声を掛けられた。フロアスタッフの月島《つきしま》さんだ。大学の四年生で、ここではバイトリーダーになる。

俺が顔を向けると一瞬だけ月島さんがギクッとする。そんなにビビらなくても取って食いやしねぇよ。いい加減慣れて欲しいものだ。

「何か用すか？」

「あ、うん。今日、武田《たけだ》君がお休みになっちゃってね。店長も本社会議が長引くから戻ってこれないみたいで……ディナータイムのキッチン、釘塚さんと二人で回す感じになるんだけどいけそう？」

「あー……まぁ、頑張ります」

マジかよ。最悪だ。

釘塚は外面の良い男だ。普段他のスタッフや店長が居る前では良い人物を演じており、そこまで害はない。でもキッチンが二人になれば、奴を阻むものは無くなる。最悪の条件が揃ってしまった訳だ。気が滅入《めい》りそうになるが、こればかりはどうしようもない。

俺は釘塚に逆らう事が出来なかった。社員と揉《も》めてクビになりたくないというのもあるけれど、他にも理由がある。

俺は釘塚に弱みを握られていた。

やがてディナーのラッシュタイムへと突入した。電子レンジで解凍したり、業務用の大型コンロで簡単な調理をしたり、作業自体はどれもシンプルだが、とにかく数が多い。おまけにちょっとでもモタつくと釘塚が耳元で罵倒してくるのだ。

正直気が休まる瞬間が無かった。

「おい駿河、何で手え止めてんだ。さっさと皿洗えボケ」

「うっす！」

この激務の中で罵詈《ばり》雑言は結構こたえる。皿を洗いながら溜《た》め息《いき》をついていると、店の入り口から誰かがキッチン内に手を振ってきていた。うちの店はキッチンの一部が見える造りになっているため、こちらからもフロアの様子はよく分かる。

手を振っているのは和美姉だった。思わず店先に出る。

「和美姉、鍵返しに来てくれたのか？」

「いやね、龍音ちゃんご飯食べてないでしょ。うちも今日秀《しゅう》さん遅いし、ついでに私達も食べちゃおっかなって」

「あー、そっか……」

「何か問題でもあんの？」

「いや、今日はちょっとマズいって言うか」

俺が上手《うま》く言えずロ籠っていると釘塚がキッチンから俺を睨《にら》んでいた。自分は散々サボっている癖に少し油断するとコレだ。

「もしかして仕事の邪魔しちゃった？」

「いや、別に良いや。じゃあ俺戻るけど、あんまり長居すんなよな」

「何よぉ、お客さんに向かって」

ぼやく和美姉を無視してキッチンへ戻る。

「釘塚さん、すいませんした」

すると俺の言葉には反応せず、釘塚はだらしない顔で和美姉を見ていた。

「今の女性の方、美人ですね。お知り合いですか？」

「えと、ウチの姉です」

「お姉さん？　へぇ、似てないですね」

釘塚は周囲に誰も居ない事を確認すると、俺に近づいてくる。

「おい、あの女紹介しろ」

一気に声のトーンが落ちた。

「あれくらいの女が好みなんだよ。紹介くらい別に良いだろ」

「いや、結婚して子供も居るんでそういうのはちょっと」

「人妻？　最高じゃん。誰かの所有物奪うのって優越感あるんだよな」

「……人の身内をそういう目で見んの、止《や》めてもらっていいっすかね」

俺が言うと釘塚の表情が変わった。

「お前、目上の人間に指図する気か？」

客席からは見えない奥の壁に押し付けられ、胸ぐらを掴《つか》まれた。

「あの動画拡散してやっても良いんだぞ？　実名添えて、学校とかSNSによ」

その言葉に、俺は思わず顔を背ける。

「すんません」

俺が俯《うつむ》くと釘塚は苛立《いらだ》たしげに舌打ちした。

「ガキの癖に口答えすんなよな」

釘塚は俺から手を離すと「あー、気分悪いわ」と裏口へ歩いていった。

「お前あとやっといて。俺裏でタバコ吸ってくるから」

「いや……今ラッシュタイム中なんすけど」

「ちょっとくらい回せるだろ。情けない事ばっか言ってるんじゃねぇぞ」

吐き捨てるようにそう言うと、奴は裏口の喫煙所に消えていく。俺は手が震えるほど拳を握りしめた。

「くそっ！」

思わず壁を殴り、フロアのスタッフが体を震わせる。

こんなバイト、さっさと辞めちまいてぇのに。

結局この調子で釘塚が何度も仕事をエスケープしたせいで、ラッシュタイムを抜ける頃にはクタクタになっていた。それでもクレームにならないのは、釘塚が加減を熟知して行動しているからだろう。案外頭が回るから余計に質が悪い。

「もう上がって良《い》いですよ。衛生作業だけやってくれれば」

「……はい」

逆らう事が出来ずに奥の水場で作業していると「駿河さん」とフロアの女性スタッフに声を掛けられた。目を向けると怯《おび》えた様子で「あ、ご、ごめんなさい」と言われる。だから何でどいつもこいつも謝んだよ。

「どうしたんすか」

「あの、お姉さん？　が呼んでるんですけど」

すると和美姉が「詩音」とレジの方から声を掛けてきた。俺はフロアへ出る。

「私達そろそろ帰らなきゃダメなんだけど、龍音ちゃんどうしよう。先に家送っとこうか？」

「あ、そっか。悪いな、遅くまで付き合ってもらって。龍音、席で待ってろ。俺もすぐ上がるから一緒に帰るぞ」

「うん」

龍音が頷《うなず》くのを見て、和美姉は安心したように財布を取り出した。

「じゃあ私、支払いだけ済ませちゃうね」

「ああ、ありがとな」

俺たちが話していると、誰かがキッチンから近づいてきた。釘塚だった。

「駿河君のお姉さんですか、いや、お綺麗《きれい》ですねぇ」

「えっ？　あぁ……どうも」

和美姉があからさまに警戒した表情を浮かべる。釘塚はそれに気づくことなくヘラヘラと笑みを浮かべた。

「自分は釘塚と言います。駿河君はいつも僕が面倒見てるんですよ」

「弟がお世話になってます」

釘塚が嫌らしい視線を和美姉に向ける。俺はそっとその視線を遮った。

「釘塚さん、すんません。姉と話したいんで外してもらって良いっすか」

すると、途端に釘塚の視線が険しくなった。和美姉に気づかれないよう俺を睨んでくる。

「お願いします」

負けじと睨み返すと、やがて根負けしたように相手が舌打ちし、目を逸らした。

「お前後で覚えとけよ」

耳元でボソリと脅されて釘塚が奥に引っ込む。

その後ろ姿を見て、和美姉が露骨に嫌そうな顔を浮かべた。

「キモ……あの男。人の事ジロジロ見てさ」

「ごめん」

「あんたが謝る事無いわよ。でも大丈夫なの、あんなのと一緒で。バイト替えたら？」

「こんなんでもようやく見つけた好条件のバイトなんだよ。俺なら大丈夫だから心配すんな」

「無理しないようにね。あんたなまじ根性あるから無茶しがちだし」

「余計なお世話だよ。それより、今日ありがとうな。岬も」

「……うん」

岬は眠そうに目を擦っている。和美姉がそっと岬の頭を撫《な》でた。

「岬もう眠よね。帰ろう」

支払いを終えた和美姉を見送ると、フロアの月島さんが声を掛けてくる。

「駿河君。もう上がる時間なんだけど、釘塚さんが呼んでたみたい。何かあった？」

「大丈夫っす。お疲れした」

タイムカードを切って裏口の靴箱に行くと、近くの喫煙所にいた釘塚が「おい駿河」と声を掛けてきた。

「お前さ、今日一日の態度なんだ？　舐《な》めてるだろ俺の事」

「別に舐めてないっす」

「その口調がもう舐めてるんだよ。言っとくけどな、お前の人生なんていつでも潰せるんだからな？」

そう言って釘塚は俺にスマホを見せてくる。スマホには動画が映し出されていた。俺がこの店に入ったばかりの頃の動画だ。タバコを吸ってむせている俺の姿が映っている。

釘塚に唆《そそのか》されて吸ってしまったタバコ。慣れない職場で目上の人間から勧められた事もあり、断りきれずに吸ってしまった。すぐに後悔して、それ以来一度として吸っていないが、運の悪い事にその一回の動画が撮られていたのだ。

動画を撮った瞬間、釘塚の態度は変わった。何かしようものなら、動画をSNSや学校に実名つきで拡散すると言われ、俺はこいつに逆らえなくなった。

ただでさえ学校では問題児扱いされているのに、タバコの動画なんて出まわったら一発で退学だろう。

馬鹿だった俺が犯した過ちが、今も俺の首を絞めている。

釘塚の言葉に俺が黙っていると、顔面を掴まれ壁に押し付けられた。俺の方が背が高いので、必然的に見下ろす形になる。

「相変わらずいかつい面しやがって」

タバコの息を吐きかけられる。

「お前、後であの姉ちゃんの連絡先俺に送れよ」

「無理っす」

「いいのか？　動画拡散されても」

俺が黙って釘塚を睨んでいると「何だその顔」と腹に膝蹴りを入れられた。思い切りみぞおちに入り、えずきながら倒れ込む。側頭部を蹴られそうになり、咄嗟《とっさ》に腕で頭を守った。間髪を容《い》れず体重の乗った蹴りがガンガン入ってくる。

「お前、マジで舐めてるだろ人の事。バイトに威張る事しか出来ない奴だって見下してるんだろ？　調子乗るなよ糞《くそ》が！」

自分のコンプレックスや苛立ちをぶつけながら釘塚はサンドバッグのように俺を殴った。涙が出てくる。こんな奴に良いようにされている自分が情けなかった。でも元はと言えば自分のせいだ。それが分かっているから、悔しさより情けなさが先行した。

「詩音？」

不意に、聞き覚えのある声がする。俺を蹴っていた釘塚の動きが止まり、空気が凪《な》いだ。

揺れる視界の中、俺は声の主に目を向ける。

「龍音……」

いつの間に入ってきたのか、龍音が立っていた。

「何で子供がこんなとこに居るんだよ」

忌々しげに釘塚が龍音に近づく。龍音は動じること無く、釘塚の顔を見つめた。いつもと同じ、機械みたいな表情で。

「こいつお前の姉ちゃんが連れてた子供だよな。妹か？　ダメじゃん、こんな小さい子に心配掛けたら」

釘塚がニヤニヤと龍音に顔を近づけながらタバコに火をつける。

無理やり体を起こす。俺はともかく、龍音にまで危害を加えさせる訳にはいかない。

「そいつに近づくな……」

声を出してすぐ、様子が変な事に気がついた。

タバコを手に挟んだ釘塚が、かがんだ状態で龍音の顔を見たままピタリと動かないでいる。完全に静止していた。

先程と打って変わった釘塚の様子に、俺は眉をひそめる。

釘塚は虚《うつ》ろな表情をして、口を開けたまま焦点の合わない目をしていた。タバコが指からすり抜け床に落ちる。まるで魂が抜けたかのようだ。

そして何より異質だったのは、龍音の目が鋭く赤く輝いていた事だった。

真っ暗闇の中でライトをつけたかのように怪しく輝く二つの目。明らかに、人間のそれではなかった。俺は静かに息を呑《の》む。

心がざわつく。何が起こっている？

すると、龍音はゆっくりと釘塚の頬に手を添えた後——

「去《い》ね」

聞いたことのない冷たい声で、静かにそう言った。

龍音の声なのに、まるで龍音のものではないような……生物として根本的に格が異なるかのような、絶対的な強制力を感じる。

よくしつけられた犬が飼い主に決して逆らわないように、皆が群れの王に従うように。

龍音が放った言葉は、逆らいようのない大いなる存在の言葉に感じられた。

「……はい、仰《おっしゃ》る通りに」

釘塚は龍音に頭を下げる。先程からは絶対に有り得ない情景だった。虚ろな目でヘラヘラと笑みを浮かべる姿は異様で、どこか薬物中毒者を想起させた。

釘塚は覚束《おぼつか》ない足取りで龍音から離れると、店の中に歩いて行く。俺はよろめいて立ち上がり、龍音の元へと近づいた。

「おい、大丈夫か？」

「うん」

頷いた龍音の目は、もういつもの状態に戻っていた。

「お前、何したんだ？」

俺が尋ねるも龍音は首を傾《かし》げた。覚えていないのだろうか。

するど今度は店内から騒がしい声が聞こえてきた。

「ちょっと釘塚さん⁉　どこ行くんですか、まだ営業中ですよ⁉」

「消えるんだよ俺は。どこか遠くに……」

「釘塚さん？　ちょっと！　釘塚さん⁉」

皆の言葉に耳を貸さず、釘塚はフラフラとユニフォーム姿のまま歩いて店を出ていった。

皆が呆然《ぼうぜん》とその姿を見送る。何が起こったのか誰も分からなかった。

「……行っちゃった」

月島さんが呟《つぶや》く。一体何が起こったんだ。ちらりと龍音を一瞥《いちべつ》したが、何も変わったところはないように見えた。

ふと、喫煙所に画面が表示されたままのスマホが置かれていることに気がつく。釘塚のスマホだ。俺の動画を表示したままになっている。

俺はスマホを手にすると、表示されている動画をすぐに削除した。

「バックアップとかなかったら、これで大丈夫だよな……」

元はと言えば俺が馬鹿なせいで起こった事だから、少しだけ後ろめたさはあった。それでも、ようやく解放された気がした。

「龍音、さっさと帰るぞ」

龍音の手を引き、夜勤のスタッフと入れ替わる形で足早に店を去った。幸い釘塚に殴られた事は誰にも気づかれていない。なるべく目立たないように店を出て、ようやく一息吐《つ》く。

「詩音、速い」

「あ？　あぁ……歩くの速かったか」

俺は夢でも見たのだろうか。いや、確かにあれは現実だった。ただ、何が起こったのかまるでわからない。

あの時、龍音の瞳が赤く輝いた気がした。血を思わせるような、深い赤に。

その瞳は、まるでヘビのように思えた。

いや、ヘビじゃない。

龍の、ような。

《この子は『龍の子』である。聖となるか、邪となるかは、貴君ら次第である》

じいさんの遺言書の一節が、俺の脳裏に強く浮かび上がった。

第三話　龍の子

目の前に真っ赤な瞳の少女が立っている。

冷たく見下すように少女は俺を見ると、こう言った。

「去ね」

そして少女は振りかぶり、右手に持っていた鈍器で俺の頬を——

「あだっ！」

顔に衝撃が走り目を覚ます。朝だった。

「痛ぇな……。何だよ」

顔面に何かが乗っかっている。それは足だった。寝相が悪くて逆向きになった龍音《りと》の足が俺の顔面を蹴り飛ばしていたのだ。

「寝相悪すぎだろ……」

ムクリと体を起こすと全身に痛みが走る。そう言えば昨日釘塚《くぎづか》に散々殴られたんだった。

その痛みが、昨日見た光景を現実だと思い知らせてくる。

「やっぱ夢じゃねぇのか」

真っ赤に目を輝かせた龍音が「去ね」と告げる強烈な情景。出来損ないの映画でも見ているかのような非現実的なワンシーンは、忘れられそうにない。

龍の子、龍音。どこにでも居る普通の子供かと思っていたが、違うのかもしれない。

昨日までただの女の子だと思っていた彼女が、今は得体の知れない化け物に見えてくる。

そこで俺は首を振った。ダメだ。今ここで俺が龍音を拒絶したら、親父《おやじ》やじいさんと同じになっちまう。

気を取り直してベランダに出ると、駅に向かって歩く会社員の姿が目に入った。

「はぁ……今日から平日か」

当たり前のことだが、平日は学校がある。

ここ二日間がかなり濃かったせいでそれすらも忘れていた。

「そういや学校行く間、龍音の事どうするか決めてなかったな」

学校とバイトに行っている間はシンジ兄《にい》に預けようと思っていたが、連絡するのをすっかり忘れていた。シンジ兄の家は俺の家から電車で十五分ほどの所にある。距離はそう遠くないが、今から頼んでもさすがに難しいだろう。

学校をサボることも考えたが、今後を考えるとあまり得策でないように思えた。

しばらく朝陽《あさひ》を浴びながら考え、やがて答えに辿《たど》り着《つ》く。

「おい、龍音。今日俺学校あるから、お前は家で留守番な」

トーストを焼きながらそう告げると、目を覚ました龍音は首を傾げた。

「昼に一旦学校抜けて戻って来るから。それまでアニメでも見て大人しくしとけよ」

俺が言うも龍音の反応は薄い。

「いまいち通じてんのかよく分かんねぇな……。って言うか、そもそも五歳って留守番出来んのか？」

自分の時の記憶を辿るも、とんと思い出せなかった。

俺をジッと見つめる龍音の表情からは何か含みを感じる。ただ、何を言わんとしているのかは分からない。言いたい事があるならはっきり言って欲しいものだ。

スマホの時計を見る。そろそろ行かないとマズいな。

「じゃあ行ってくるから。鍵ちゃんと掛けとけよ」

そう言って家を出るも、さすがに五歳の子供を一人にするのはどうにも気がかりだった。

一応ガスの元栓閉めたし、ヤバそうなのは最低限対処したけど、本当に大丈夫だろうか。

「まぁ、昼には様子見に戻るし。今日くらい何とかなんだろ」

俺の通う響《ひびき》高校は自宅から十分ほど歩いた場所にある公立高校だ。

成績の水準はそれなりだが、特に部活動が強いらしい。インターハイや全国大会への出場実績もあると聞いた事がある。

俺も入学当初は体格が良《い》いという理由でボクシング部やラグビー部の勧誘を受けたが、すぐに誰からも声が掛からなくなった。他校の奴と喧嘩《けんか》したのが原因で厄介な不良という扱いを受けたからだ。あっちから絡んできたのを相手しただけだが、そんな詳細な事情を理解してくれる奴が居るとは思えない。

欠伸《あくび》をしながら昇降口で靴を履き替える。龍音の事があって昨日はあまり眠れなかった。朝も蹴り起こされるし、体もまだ痛い。全身にダルさが残っている。

外靴を靴箱に入れていると隣に女子が立った。同じクラスの奴だ。ほとんど交流がないから顔と名前が一致しない。

「あっ……」

「ん？」

声がして見ると女子と目が合った。俺と目が合った奴は基本的に怯《おび》えるか逃げるかの二択だから、こうしてジッと見られるのは珍しい。

「俺の顔に何かついてるか？」

「あ、いえ……」

ハッキリしねぇな。でもどこかで見覚えがある女子だ。声も聞き覚えがある。同じクラスなんだから当たり前なんだけど、そうじゃない。ここじゃないどこかで見たような気がした。

俺が首を傾げていると、女子は何やら口ごもった後、ペコリとお辞儀をして去って行く。

結局逃げられたな。

「用があるならちゃんと言えっての」

どいつもこいつも言葉足らずが過ぎる。

先ほどの女子の靴箱を見ると『斎藤《さいとう》』と書かれていた。

斎藤茜《あかね》。それが名前らしい。


俺の教室は二年一組だ。本館の二階、階段を上ってすぐの所にある。

気だるい足取りで俺が教室に入ると、賑《にぎ》やかだった空気が一変し、クラスに沈黙が満ちた。楽しそうな話し声が消え、全員が遠巻きに俺の様子をうかがう。

俺が教室に入るといつもこうだ。さすがに慣れてしまった。

学校の問題児どころか、俺はここ近隣の学校でも割と名前が通ってしまっている不良らしい。何か特別悪い事をした記憶もないが、とにかく喧嘩をしているイメージがついているようだ。だからクラスの奴らは俺を見ると天敵を前にした小動物のように萎縮するし、話しかけると恐怖した表情を浮かべる。

俺の席は窓際の最後列に位置する。席に座って何気なくスマホを弄《いじ》っていると、すぐに始業のチャイムが鳴って担任の基樹《もとき》が入って来た。

「ほら、席着け。ホームルーム始めるぞ」

頬杖《ほおづえ》を突きながら基樹の話を流し聞きしていると、入り口側の最後列の席にさっきの女子が座っているのが見えた。

斎藤茜だ、あんな場所に座ってたのか。

今まで全然気づかなかった。随分と存在感が薄い奴だな。

そう思っていると、授業が始まった。

ここ二、三日はずっと非現実の中に居たせいか、当たり前の授業風景がありがたく思える。あっという間に一限目が終わり、二限目の国語に進んだ。

学校では問題児扱いされている俺だが、それなりにちゃんと授業は受けているし、成績も見た目に反して悪くない。不良だの何だのと言われながらも学校を退学《クビ》にならずに済んでいるのはそれが理由だろう。

さっさと高校を出て、働いて、完全に自立をするのが俺の第一目標。やりたい事はそれから考える。とにかく今はあのクソ親父の支配から逃れる事が先決だ。

基本的にどの授業もそれなりにこなせる自信はあるが、唯一苦手な科目がこの現代国語だ。延々と教員の朗読を聞かされ、中身のない解説をされる。授業を受ける意味を感じないほどには退屈だ。

何気なく窓から外を眺めていると、何やらグラウンドの方で人だかりが出来ているのが見えた。体育をしていた奴らが群がっている。

目を凝らして人だかりの中心に立つその人物を見て、俺は立ち上がった。

「あのバカ……！」

突然立ち上がった俺を見て国語の女性教員が目を丸くした。

「えっ？　ちょっと駿河《するが》君？　授業中だけど」

「便所行ってくる！」

「そんなに切羽詰まってたの？」

教室を出た俺は校庭へと走る。血相を変えて近づいてきた俺に、群がっていた生徒達が道をあける。

囲まれていたのは龍音だった。

俺が急いで校庭に駆けつけると、女子に囲まれて目を泳がせていた龍音がその不安げな眼差《まなざ》しをパッと輝かせてこちらに駆け寄ってきた。俺の足にすがりつく龍音の頭を、コツンと痛くないよう小突く。

「お前家に居ろって言ったろ！」

俺が怒鳴ると、龍音の大きな目にうるうると涙が溢《あふ》れてきた。遠巻きに見ていた女子たちが「あぁー！」と声を上げる。

「うるせえ！　散れ！」

俺が叫ぶと蜘蛛《くも》の子を散らすように女子達は散開した。

溜《た》め息《いき》を吐《つ》いて俺は龍音に向き直る。

「龍音、家で大人しくしとけって約束したろ」

唇を噛《か》んで黙って耐えている龍音を見て、俺は頭を掻《か》いた。

「不安で付いてきちゃったのか？」

龍音はそっと頷《うなず》く。今朝何か言いたげだったのは、俺に一緒に居て欲しかったのか。じいさんと同じように、俺まで居なくなると思ったんだろう。それで俺の後をつけてきたらしい。まぁ、仕方ないか。

「でもどうしたもんかな」

考えていると、「こら！　駿河！」と生徒指導で担任の基樹が近づいて来た。厄介なのが来たな。

「何の騒動だ！　学校に子供連れてくるな！」

「親戚の子をうちに泊めてるんすけど、付いてきちゃったみたいで」

「じゃあ早くお家《うち》の人に迎えに来てもらいなさい！」

「そりゃそうしたいけどよ……」

そこで俺はピンと閃《ひらめ》いた。

「先生、ちょっと、お願いがあるんだけど」

「何?」

※

「いや、ダメだろ」

職員室で俺の提案は一蹴《いっしゅう》される。基樹に今日一日龍音を学校に居させて欲しいと話したら真顔でそう言われた。

「駿河、どうなってんだお前の家は」

「だから謝ってんじゃん。悪《わり》ぃけどって」

「それが人に謝る態度か! 学校は託児所じゃないぞ!」

基樹はガリガリと頭を掻く。

「全く、お前の家はもう少しそういうのちゃんとしてると思ったんだけどな」

「仕方ねえだろ。こっちにも色々事情があんだよ」

「偉そうにするな!」

基樹は叫んだ後、呆《あき》れたように首を振った。

「どうして高校生のお前が子供の面倒なんて見てるんだ。ご家族の方に預かって貰《もら》えないのか」

「だから言ってんじゃん。色々事情があるって」

「あのなぁ、駿河。お前と親御さんとの関係は知ってるつもりだ。連絡し辛《づら》いなら、俺が連絡しておいてやろうか」

「や、いいよ別に……」

三者面談や家庭訪問の拒否など、過去にあった様々ないざこざから、俺と親父《おやじ》の不仲は担任の知る所でもあった。

「お前が思っている以上に小さい子にとって高校は危ないんだぞ。お前くらいの体格の生徒とぶつかったり、怪我《けが》に繋《つな》がるような教材とかもあるからな。いくら家庭の事情とはいえ特例は認められん。お子さんに何かあったら、学校側は一切責任が取れんからな」

「そこら辺は俺がちゃんと面倒見るよ」

「ダメだ。この年頃の子は数秒目を離すとすぐどこか行くんだよ」

やはりこのまま押し切るのは難しいか。それなら策がある。

「見てみろよ先生」

「ああ？　何だ」

俺は龍音の頬をそっと指で挟むと、基樹の前に差し出す。

「可愛《かわい》らしい顔してんだろ。目もまん丸で、ほっぺもぷにぷにで、純真無垢《むく》だ。こいつはまだこんなに小さいのに、俺がいなけりゃひとりぼっちになっちまう。家でたった一人、寂しくお留守番だ。それでも良いってのか？」

今朝自分がした仕打ちを棚に上げて言うと「うっ」と基樹が怯《ひる》んだ。効いてる効いてる。

「龍音、お前からもお願いしろ」

俺が小声で耳打ちすると、龍音は視線で首肯した。

「先生、私、詩音《しおん》と一緒がいい」

「や、やめろ……」

「今だ、目をキラキラと輝かせろ！　目で訴えろ！」

龍音はそのつぶらな瞳をウルウルさせる。「そんな目で俺を見るなぁ！」と基樹は悶《もだ》え始めた。ノリ良いなこの先生。

「こんな小さな子が頼んでんだぜ？　それでも拒否んのかよ」

「そ、それなら託児所とかに」

龍音が基樹の服をちょんとつまむ。一層潤んだ目で、寂しそうに見つめた。

「は、離しなさい」

見つめる。

「離すんだ」

見つめる。

「は、はな、はな……あ、あぁ、おご、おごごご」

基樹はやがて徐々に震え始めたかと思うと、全身を痙攣《けいれん》させて動かなくなった。

「……死んだか？」

「勝手に殺すな」

基樹は顔を手で覆うと、椅子を回転させて向こう側を向いてしまう。

ダメかと思ったが、しばしの沈黙の後、基樹は震える声でこう告げた。

「今日一日だけだぞ……」

「マジで⁉ いいの？」

「今日だけだ！ 明日からは絶対ダメだからな！」

「やりぃ《ぃ》！ ありがとな、先生」

「都合の良い時だけ先生呼びするな！ あぁ……また校長にどやされる」

ガックリとうなだれた基樹は、はしゃぐ俺と龍音を見て何だか嬉《うれ》しそうにフッと笑みを浮かべた。

「駿河。お前、いつもつまらなそうにしてたけど。そういう顔もするんだな」

「はっ？ 何だよ急に」

「別に。お前が年相応で安心したって話だよ」

※

「ったく、基樹の奴……調子狂うぜ」

職員室を出る頃には授業は終わり休み時間に入っていた。二限目終わっちまったな。俺が頭を掻いているとクイクイとシャツの裾を引っ張られる。

「どうした？」

「ん」

龍音が昇降口の方を指差す。何事かと思って視線を追うと斎藤茜が立っていた。

俺たちを見た斎藤は「あっ……」と声を出す。

「お前、斎藤だっけ。何か用か？」

「その子……」

「うん？」

俺が首を捻《ひね》っていると、龍音が「巫女《みこ》さん」と呟《つぶや》いた。

「巫女？」

そこで思い出し「あぁ！」と声を上げた。俺の声に驚いて斎藤が飛び跳ねる。

巫女だ。じいさんの家に行った時にいた、源龍《げんりゅう》神社の巫女！

「あんた神社に居た巫女じゃねえか！　クラスメイトだったのか」

　そこでようやく斎藤はコクコクと首を大きく縦に振った。言葉が詰まっているのか、喉を押さえている。あまり喋《しゃべ》るのが得意じゃないのかもしれない。

「あ、あの神社、私の家なの」

「そうなのか。……って、結構家遠くね？」

「毎朝電車通学してるから……」

　すると斎藤は龍音に視線を向けた。

「その子、あの時連れてた子だよね。おじいさんと一緒に住んでる……」

「うちのじいさんの事、知ってんのか？」

「近所でたまに見かけてたから。参拝にもよく来てたし。お孫さんかな、って」

　中々鋭いな。「まぁ、そんなとこだ」と返しておく。

「どうしてその子が学校に？」

「うちのじいさん、死んじまったんだよ。それで俺が一時的にこいつを預かってたんだけど、寂しくて付いてきちまったみたいなんだ」

「そうなんだ。おじいさん、亡くなっちゃったんだね……」

　当事者でもないのに、斎藤は少し悲しげに目を伏せる。

　何となく流れでそのまま三人で教室に戻る形になった。

ただ、斎藤が数歩後ろを歩いてくるから微妙に気まずい。

「おい」

「は、はい」

「歩くなら隣歩いてくんね？　一緒に居るのに距離空いてたら気まずいだろ」

「ご、ごめんなさい」

言われるがまま斎藤は俺達の隣に立った。人と並んで歩くのに慣れていないのか、随分おどおどして見える。ただ、不思議と斎藤からは俺に対する恐怖心は感じられなかった。

他の奴はすぐビビっちまうのに。小動物のようだが、案外度胸はあるのかもしれない。

「あの……」

「何だ？」

「その子、名前は？」

「こいつ？　龍音ってんだ」

「龍音ちゃんか……。可愛い名前だね」

斎藤は龍音に視線を合わせる。

「龍音ちゃん。私、斎藤茜っていうの。よろしくね」

「茜？」

「そうだよ」

斎藤は龍音と握手すると、何だか不思議そうな顔を浮かべた。どうしたんだ。

「この子、不思議な感じがする」

「不思議って？」

「その……パワーがあるっていうか」

「何だそれ。スピリチュアルとか、霊視とかそういうのか？」

「分からないけど、私、幽霊とか結構見るから霊感は強い方かも」

「そんな奴現実に居るのか……」

シンジ兄と話が合いそうだな。まぁ、シンジ兄の霊感が強いなんて聞いた事ねぇけど。

するると斎藤は俺と龍音の顔をじっと見比べていた。

「どした」

「二人、何だか似てるなって。もしかしてこの子、駿河君のお、お子さん？」

「んなわけねぇだろ！」

どいつもこいつもろくな発想しねぇな。呆れていると、ふと教室に龍音の机が無かった事を思い出す。このまま戻っても龍音の座る場所が無いな。

「おい斎藤、悪ぃけど、龍音を教室まで連れて行ってくれね？」

「え……いいけど。どこか行くの？」

「空き教室の椅子と机をちょい借りて来んだよ。このままだと龍音を膝に乗せたまま授業受ける事になっちまう」

「あ、そっか」

「龍音、斎藤と一緒に教室で大人しく待ってろ」

「ん」

教室に向かう斎藤達を見送って空き教室へと向かう。

「確か別棟の三階に余ってる机があったよな」

渡り廊下を抜けて別棟へ入る。目的の空き教室には、確かに使われていない机や椅子が多数あった。なるべく高さが低いものを探していると、不意に電話が鳴る。

意外な人からの着信だった。

「月島《つきしま》さん……？」

バイト先の人から連絡があるのはこれが初めてだ。何事かと思い電話に出る。

「もしもし」

『あ、駿河君？　今ちょっと大丈夫？』

「どうしたんすか」

『さっき店長から連絡あってね。釘塚さんと連絡がつかないんだって』

「えっ？」

釘塚と聞いて、一瞬心臓の鼓動が跳ね上がる。

『ほら昨日釘塚さん、帰りしな様子おかしかったでしょ？　仕事も放って帰っちゃうし。それで、何か知らないかなって』

真っ赤な瞳の龍音が釘塚に命令していたあの情景を思い出す。

暑くもないのに額から汗が流れる。喉が急速に渇いて、舌が張り付いた。

うまく声が出ない。黙っていると『駿河君？　大丈夫？』と声がした。

『釘塚さん、スマホも職場に置きっぱなしだったって。ちょっと変だよね』

「俺も……詳しい事は分かんないす」

『そっかぁ、そうだよね』

幸いにも、月島さんの声から疑っている様子は感じられなかった。

何を言えば良いか分からないでいると『でも、これで良かったのかもね』と月島さんが言葉を継ぐ。

『このままずっと居なくなってくれたほうが良いのかも』

「えっ？」

『あの人、何かと駿河君のこと目の敵にしてたじゃない。仕事も途中で抜けるし。居なくなった方が平和だなって』

「そう……かもしんないですね。ちょっと不謹慎ですけど」

『ここだけの話ってことで。ごめんね。私、何もしてあげられなくて』

電話口から聞こえる月島さんの声は泣きそうだった。

『私も釘塚さんからずっとしつこく連絡来てて。何人か職場で酷《ひど》い事された子もいるって。だから下手な行動したら何されるか怖くて。辞めることも出来なくて、ずっと見て見ぬ振りしてたの。本当にごめん』

「もう良いっすよ。別に月島さんのせいじゃないす」

『うん……ありがとう。駿河君って案外良い人だよね』

「案外は余計っすね」

俺が言うと、相手がクスッと笑う。あまり笑うような場面ではなかったが、少しだけ空気が緩んだ気がした。

電話を切って一息つく。釘塚が行方不明、か。

それは果たして本当に龍音の仕業なのだろうか。

※

空き教室から椅子と机を一組運んでいると何やら教室が騒がしかった。足早に教室に向かうと中から黄色い声が聞こえて来る。嫌な予感がした。

「キャー！　可愛《かわい》い！」

「何でここに子供が居んの？」

「もしかして斎藤さんの子？」

「いや、この子は……」

「その歳《とし》でママ⁉」

「って言うか妊娠してるところ見た事ないよね」

「だから、あのね……」

案の定、斎藤と龍音が女子に絡まれてやがる。突然大勢の人に囲まれて目を泳がせていた龍音は、俺を見つけるや否やパッと表情を輝かせてこちらに駆け寄ってきた。龍音の背中を追いかけた視線が、俺を視認した途端に凍りつく。

「解散だ解散。斎藤、悪かったな。面倒見させちまって」

「う、ううん、大丈夫」

「あの子、駿河くんの子供だったんだ……」

「どうりで」

「そこ、聞こえてんぞ」

「ひっ！」

どいつもこいつも噂《うわさ》好きな事この上ない。どうせ今日のことも、数日経てば尾ひれ背びれがつくんだろう。まぁ、別に良《い》いけどな。

運んできた机を俺の机にくっつけ、龍音と並んで座る。窓側の最後列でクラスのヤンキーが五歳の子供と肩並べて座っているのは案外シュールな光景だ。何も知らずに教室に入ってきた奴らがパチクリと目を瞬《しばたた》かせる。

やがてチャイムが鳴った。次は英語か。

「はい、みんな席に着いて……」

英語の教員がやって来てすぐ、俺と龍音を見て眉をひそめた。基樹から聞いてはいただろうが、本当に子供がいるとは思っていなかったという様子だ。

「えー、だからこの問二の不定詞は――」

「詩音、頭にチョウチョ留まってる」

「マジかよ」

「うぐっ……」

微妙に緊張した空気の中に子供が居るというシュールな状況。笑うに笑えない妙な空気感が出来上がっていた。

「詩音、何で笑ってるの」

「別に」

全員が肩を震わせて笑いを堪《こら》える姿を見て、俺だけ一人でほくそ笑んでいた。

やがて四限の授業が終わり、昼休みのチャイムが鳴る。

「お腹《なか》減った」

「学食でも行くか」

俺達が立ち上がると同時に、何やら廊下から騒がしい声が聞こえてくる。

「駿河がガキ連れてきたってマジかよ!?」

聞き覚えのある声で、俺は思わず「げっ」と声を出した。ほぼ間髪を容《い》れずに、教室の入り口から見覚えのある顔が姿を見せる。

五組の近藤哲《こんどうてつ》だった。

短髪でメッシュの金髪。口に開けたピアス。外見だけ派手な俺とは違い、こいつはマジで素行が悪い。着崩したシャツからは時々胸元の刺青《タトゥー》がチラつく。どこかの暴走族に所属してるとか、ヤクザと繋《つな》がってるとか、何かと悪評が絶えない奴だ。退学していないところを見るとさすがに噂も交ざっていると思うが。どちらにせよあまり関わりたくないのは確かだ。

そんな近藤は入学当初から何かと俺に絡んでくる。良い喧嘩相手と思われてるのか、単純に気に食わないのかは知らないが、面倒くさい絡まれ方をよくするのだ。

近藤は俺と龍音を見ると「マジじゃん」と嬉《うれ》しそうにニタニタ笑った。癇《かん》に障る笑みだ。

視線を逸《そ》らすも、構わず奴は近づいてくる。

「駿河、お前とうとうパパデビューしたの？　出産祝い持ってきてねぇよ」

「龍音、行くぞ」

俺は龍音を先に教室の出口の方へと歩かせる。俺もさっさと出て行こうとすると「待てよ」と肩を摑《つか》まれた。

「人が話しかけてんだから無視すんなよ」

「お前が一方的に一人で喋《しゃべ》ってるだけだろ」

「あぁっ!? んだとお前？」

近藤が俺の目の前で凄《すご》む。教室に緊張が走り、クラスが静まり返った。摑まれた肩にぐっと力が込められ、視界の端では斎藤が助けを求めるようにキョロキョロしている。

「急いでんだよ、手ぇ離せ」

「人が優しく話しかけてやってんのに調子こいてんじゃねぇぞ!」

「お前のはただ馬鹿にしたいだけだろ――」

そう言おうとした時。

いつの間にか龍音が俺と近藤の間に立っていた。

「な、何だよ……」

予期せぬ珍客の干渉に近藤が虚を衝《つ》かれている。だが俺はそれどころではなかった。

釘塚がおかしくなったあの時の光景がフラッシュバックする。

龍音の顔は伏せていて見えない。もしこの瞳があの時のように赤くなっていたら……。

龍音が顔を上げ、何か言おうと口を開いたその時──

「ああ！　いけねぇ！」

俺は咄嗟《とっさ》に叫んだ。クラス全員がビクリと肩を震わせる。

「学食のパン、早く行かねぇと売り切れちまう！　おい龍音！　急ぐぞ！」

俺が勢いで近藤の手を振りほどくと、油断していたのか簡単に抜け出す事が出来た。そのまま龍音の手を取って駆け足で教室を出る。

「おい待て、話は終わってねぇぞ！」

近藤の声が背中から響いた。知った事か。むしろ助けたのだから感謝して欲しいくらいである。

手を繋いだ龍音は、いつもと何ら変わらないように見えた。


学食のテラス席が空いていたので龍音と飯を食べる。当たり前だが、学生で賑《にぎ》わう食堂の中で幼児と飯を食ってる俺の姿は大層目立った。龍音は萎縮すること無く相変わらずの真顔でうどんを啜《すす》っている。

「お前、あの力、一体何なんだ？」

俺が尋ねると、うどんを啜りながら龍音はキョトンとする。

「あの目が真っ赤になって命令するやつ。昨日やったろ」

「知らない」

龍音はやはり首を振る。やはり覚えていないらしい。こうなると、そもそも目が赤く見えたのも、釘塚が急におかしくなったのも、俺の思い過ごしという可能性は無いだろうか。釘塚は前々から仕事に対して怠惰だったし、急に仕事に行くのが面倒になって消えた。龍音の目が赤かったのも、光の加減でそう見えたとか。どちらも十分有り得る話だ。

「まぁいいか……」

今は色々考えても仕方がなさそうだ。

「それよりさっきは悪かったな。怖くなかったか？」

「ちょっとビックリした」

「あれだけの騒動がビックリで済むなんて、お前結構大物になるかもな」

呆《あき》れ笑いが浮かんだ後、俺はそっと溜《た》め息《いき》を吐き出した。

「別に喧嘩《けんか》したい訳じゃないんだけどよ」

本当は喧嘩なんかする気も無いし、ああして急に胸ぐらを摑まれたらビビりもする。それを意地張って隠してるだけなんだ。

俺が金髪に染めたのは中学の頃だ。親父《おやじ》への反抗心というガキくさい理由だったが、普通の人間とは違う『何者か』になれた気がして嬉しかった。おかげで更に絡まれるようになったが、元々「顔がムカつく」だの「態度がデカい」だの因縁をつけられやすい質《たち》だったから、それならもう好きな格好で居ようと思った結果が今だ。

「結局何やっても、下らない奴と揉《も》めちまうんだろうな。俺は」

ポロッと愚痴みたいな情けない言葉が口から飛び出てくる。こんな小さな子供に話しても仕方ないのに。俺にとっては、今や龍音だけが話を聞いてくれる相手なのかもしれない。

龍音はこちらなどお構いなしにうどんを啜る。ちょっとは興味持てよ。

「そうだ、さっき連絡したらシンジ兄が預かってくれるってさ。俺が学校とバイトがある日はシンジ兄の家で留守番だ」

「詩音と一緒がいい」

「少しの間だけだ」

次の親族会が開かれるまで約一ヶ月。その後の龍音の事を考えると色々バタバタしそうだし、少しくらい穏やかな日々を過ごさせてやりたい気もするが。

午後の授業は何事もなく過ごす事が出来た。内容などさっぱり分かるはずもないのに、龍音は楽しそうに目を輝かせている。こいつにとって高校の風景は全て新鮮に映るのだろう。帰る頃にはすっかり馴染《なじ》んでおり、クラスの女子から「バイバイ」なんて声も掛けられていた。普段ほとんど話さないくせに、妙にコミュ力が高い。

「高校つまんなかっただろ」

「面白かった」

「本当かよ」

校門を抜けてどっと疲れを感じる。何とか無事に過ごせたな。

「今日は何もねぇし、ちょっと散歩でもして帰るか。あと晩飯の買い物」

「うん」

学校から十数分の距離の河川敷《かせんじき》へ足を運ぶ。この辺は下校中の生徒の姿も少ない。まだ陽《ひ》が高いものの、あと二時間もすれば夕方になるだろう。

すると「駿河君」と背後から声を掛けられた。振り返ると斎藤が息を切らして立っている。走ってきたのだろうか。

「斎藤、どうした？」

「急にごめんね。ちょっと、話が、したい、なって」

「息整えてからでいいよ……」

相当急いできたらしい。いや、体力が無いだけか。見た目からして文化系だもんな。

河川敷にあるベンチに座る。龍音は楽しそうに川を覗《のぞ》き込んだり、飛んでいるチョウチョを追いかけたりしていた。

「龍音、あんまり遠くまで行くなよ！」

俺が言うと龍音は手を振り返してきた。あれは多分、あまり理解していない。

「で、話って何だよ？」

「あの……今まで中々話す機会が無くて言えなかったんだけど」

「うん？」

緊張の交ざった、微妙な雰囲気が漂った。

ちょっと待て。この妙な空気、まさか告白じゃないだろうな。いやさすがにないか。今までほとんど絡みも無かったし。しかし全くゼロではない可能性も？

思春期男子特有の脳が高速で思考を始める。やめてくれ。

「あのね」

「ちょちょちょっと待て。気持ち整えるから、一旦」

俺は深呼吸し、気を引き締めて「よし」と声を出す。

「それじゃあ、どうぞ」

「あ、うん。あのね、私の事覚えてる？」

「……はい？」

何の話だ。話が違うだろ神様。いや、勘違いしたのは俺なんだけど。

「覚えてるって、そりゃ同じクラスメイトだから覚えてるけど」

そう言えば今日まで薄《う》っすらと顔を覚えてる程度だった。我ながら適当な事言ってるな。

すると斎藤は「そうじゃなくて」と口を挟んだ。

「もっと前に会った事あるんだけど……覚えてない？」

「もっと前ってどれくらいだ？　一年の時とか？」

「ううん。もっと前」

「じゃあ中学？」

斎藤を問いただしていると、人の足音が近づいて来た。一人じゃない。複数の人間の足音だ。明らかに俺達に近づいており、気配を感じる。

「誰だよ。今こっちは話を――」

何気なく目を向けて俺は黙った。十数人の派手な奴らが俺達を囲んでいたからだ。

他校の制服を着た、いかにも不良と言わんばかりの格好。

不意に現れた物々しい雰囲気の奴らに、斎藤が強張《こわば》った笑みを浮かべた。

「えっと……駿河君のお知り合い？」

「んな訳ねぇだろ」

俺は立ち上がる。見覚えのある顔が目の前に居た。先日街中で喧嘩を売ってきた奴だ。

「久しぶりだな駿河。この前の礼しに来たぜ」

「誰も頼んでねぇよ」

「お礼って……？」

斎藤が尋ねてくる。

「喧嘩売ってきたからちょっと小突いて逃げただけだ」

と言っても、胸ぐら掴まれたから投げ飛ばしたら生ゴミに突っ込んでしまった訳だが。

「見ろよこいつ、女連れてるぜ」

「地味な女。陰キャじゃん」

下品な笑い声が響いてイラついた。

「人の連れに絡んでんじゃねぇよ。仕返しに仲間連れてきたのか。一人相手に十五、六人か？　ダサいなお前ら」

俺が煽《あお》ると相手の表情があからさまに変わる。

「その生意気な減らず口、今に叩《たた》けなくしてやるよ」

ジリ、と近づかれる。完全に囲まれていて逃げ道が無い。俺一人なら逃げられなくもないが、今は状況が悪すぎる。斎藤を置いて行くわけにはいかない。龍音が離れていたのは、せめてもの幸いか。

――自分の印象コントロール力も処世術よ。不機嫌そうな顔してないで笑ってみたら？

昔みたいにさ。

先日の和美姉《かずみねえ》の言葉が重くのしかかってくる。

今まで似たようなことは何度もあった。でも自分一人だったから平気だった。それが誰かを危険に巻き込むとは思っていなかったのだ。

震える手を誤魔化すために腹に力を入れた。やるしかないか。

「何だこいつ？　この人数相手にやる気か？」

男たちが笑う。睨《にら》むのを止《や》めず、俺は斎藤に言った。

「俺が道あけるから。さっさと逃げろ」

「でも、駿河君は……？」

「俺は平気だ。慣れてんだよこういうのは」

「慣れてたって、この人数だよ？　無事で済むはずない」

「良《い》いから黙って言う事聞けって……！」

俺が凄《すご》んだその時、「詩音？」と小さな声がした。全員の視線がその影に集中する。身長百センチくらいの、小さな女の子が立っている。龍音だ。

「何だこのガキ？」

不良たちが突然入ってきた珍客に目を丸くする。どこかで見覚えのある光景だ。

「龍音、何で来た⁉　どっか行ってろ！」

俺が脅しても龍音は聞かない。龍音は俺を囲む男達をじっと見つめていた。

「こいつ、駿河の子供じゃね」

「ああ、その女に産ませたんか」

ギャハハと下品な笑い声が河川敷に広がった。不快感に思わず舌打ちをする。だがここで俺が暴れても、龍音や斎藤を巻き込むだけだ。どうにかしてこの場を切り抜けないと。

すると男の一人がニタニタと笑いながら龍音の顔を覗き込んだ。

「なぁ、このガキ、サンドバッグにしねぇ？」

「そいつに触れるな。ぶち殺すぞ」

「女の前だからイキってるよこいつ」

どんどん事態が悪くなる。と言うより、俺もそろそろ限界だった。ここまで好き勝手言われて黙っていられるほど大人じゃない。握りしめた拳が怒りで震える。

しかし次に目にした光景が、俺を冷静にした。

龍音の目が赤く光っていたのだ。

見間違いでも光の加減でもない。まるで発光するように、龍音の瞳が赤く輝いている。

そして俺はこの状態をよく知っていた。釘塚の時と同じだ。状況も重なっている。

夢じゃないかと疑っていた光景がやはり現実だったのだと再認識させられた。

「龍音——」

俺が声を掛ける前に、龍音は眼前の男の肩を摑《つか》む。何かが起こる予感がして、とっさに俺は斎藤の視界を体で遮った。するとその直後、龍音は男を大きく振り回すように投げ飛ばす。油断しきっていた男は弾《はじ》き飛ばされるように川へと落ちた。

予期せぬ事態に、その場にいた全員が「はっ？」と声を上げた。

「何が起こった!?」

「急に川に落ちたぞ!?」

「えっ、何？　どうしたの？」

俺を囲んでいた男たちが狼狽《うろた》え、斎藤が困惑した声を出す。遠方では、川に落ちた奴がじたばた溺れているのが見えた。川はそれほど深くないからすぐに上がれるだろう。死んだかと思ったから一瞬焦った。

俺はその情景を目の当たりにして、不意に理解してしまった。

じいさんが遺言書に残した、あの言葉の意味を。

「龍の子って……もしかしてそのまんまの意味かよ、じいさん」

冷や汗が額を伝う。

龍音が男を投げた瞬間を見たのは俺だけのようだ。何が起こったのか正確に理解している奴は他に居ない。だが龍音は止まる様子がなく、その赤く光った瞳で次の奴に手を掛けようとしていた。このまま放っておくと、かなりまずい事になる。

俺はとっさにダッシュすると、龍音を背後から抱え込んだ。全力で止めているにもかかわらず、龍音の体は何でもないように俺の腕をこじ開け始める。五歳の少女の膂力《りょりょく》ではない。

「龍音、何する気だ……」

「こいつらを裁く」

『裁く』と、明確に龍音はそう言った。

いや、違う。これは龍音の言葉じゃない。龍音の中にいる『何か』の言葉なんだ。

龍音は俺の腕をさらにこじ開ける。目の前の男達は明らかに妙な俺達の様子に当惑していた。

くそ、止められねぇ。このままじゃ取り返しのつかないことになっちまう。

するとその時、誰かが叫び声を上げながら走って来るのが見えた。今度は何だよ。目を向ける前に、走ってきたそいつは背後から男達を奇襲する。思い切り飛び蹴りをぶちかまし、何人かを一気になぎ倒していた。

割って入ってきたのは近藤だった。

さすがに予期していなかったのか、俺達を囲んでいた陣形が大きく崩れる。立ち込めていた緊張が一気に崩れ去った。

「おい、さっさと逃げろ！」

近藤が叫ぶと同時に、先程までの腕の抵抗が一気に消えた。龍音が俺の腕の中で気絶している。今しかない。

「斎藤、行くぞ！」

混乱している男達の間をすり抜け、全力でダッシュする。途中、追いかけてきた奴らを振り向きざまに土手へ蹴り倒した。

土手を転がっていく奴らを尻目に、何とかその場を逃げ出す。

街中を走り、駅前まで来た所でようやく立ち止まる。追っては来ていなかった。

「はぁ、はぁ、ここまで来たら、大丈夫だろ。何とか逃げ切ったな」

全員肩で息をする。息を切らしながら、俺は近藤を見た。

「お前、何で助けた……」

「勘違いすんな。帰ろうとしたらたまたま目に入っただけだ。あんなしょうもない奴にお前がボコられてるの見たくないからな」

「何だそりゃ」

下らない理由だ。でもお陰で、命拾いした。

すると斎藤がクスッと笑った。おかしくなってきたのか、やがてお腹《なか》を抱えて笑い出す。

その姿を俺と近藤は奇異の目で見つめた。

「何笑ってんだお前」

「あはは……ごめん。でもめちゃくちゃ怖くて、なのに二人ともいつもと同じように喧嘩《けんか》してるから何かおかしくて」

「見世物じゃねぇっつの」

俺が言うと、近藤と目が合う。斎藤に釣られて、二人してフッと笑った。

「まぁ良いか。助かったよ、近藤。ありがとうな」

「何だよ、素直に礼なんか言いやがって。調子狂うぜ」

近藤は照れたように視線を逸《そ》らすと、頭を掻《か》いた。

「ところでお前の子供、大丈夫なのか？」

「俺の子供じゃねぇっての。そのうち目を覚ますだろ。怖くて気を失ったんだ」

「でもさっきの、何が起こったんだろう。駿河君分かる？」

「あー……」

思わず言葉に詰まる。この質問が飛んでくるってことは、斎藤は龍音の異変に気づいていないのだろう。とっさに斎藤の視界を遮った判断が功を奏したらしい。

恐らく、あの場にいた俺以外の全員が、何が起こったのかを正確に理解出来ていない。

「俺が蹴ったんだ。そしたら思った以上にクリーンヒットして吹っ飛んでった」

「でもとんでもない距離を飛んで行ったように見えたよ？　砲丸投げみたいな」

「俺もビビったよ。自分でも思ってた以上に蹴る力が強かったのかもな」

「火事場の馬鹿力じゃね？　駿河、お前やっぱ喧嘩強いんだな」

我ながら苦しい言い訳をしていると、近藤が適当な茶々を入れてきて何とかその場を取り繕えた。とはいえ、前途多難だな。

どうやら俺は本格的に知らなければならないらしい。

龍音の正体を。

第四話　祖父の日記

学校のチャイムと共に立ち上がると「駿河君《するが》」と背後から声を掛けられた。

斎藤《さいとう》だった。

「い、今から帰り？」

「まぁな」

「と、途中までい、一緒に帰らない？」

「別に良《い》いけどよ……」

あの日の事件から数日経《た》った。先日他校の奴らに絡まれて以来、こうして斎藤に話しかけられる回数が増えた気がする。何というか、妙な仲間意識のようなものが芽生えたのかも知れない。

それはどうやら斎藤だけではないようで。

「おう、詩音。やっと終わったな。帰ろうぜ」

「……お前毎日来るじゃねぇか」

近藤《こんどう》も同様だった。

「別に良いだろ。あといい加減、近藤じゃなくて哲《てつ》って呼べよ。ん？　茜《あかね》ちゃんも帰るの？」

普段話しかける奴など居ない俺に、異色の二人が話しかけてくる。その状況の変化に、クラスの奴らも微妙に興味深そうにしていた。

耳にした話では、俺が斎藤と付き合ったとか、斎藤を巡って近藤と争って友情が芽生えたとか、根も葉もないデマが飛び交っていた。本当に勘弁《ぱや》してほしい。

近藤は話してみると結構気さくな奴だった。喧嘩っ早い狂犬かと思っていたが、実のところ何も考えていないただの馬鹿だ。噂《うわさ》されていた悪評もほとんどデマで、体に彫られた刺青《タトゥー》は彫師である姉の練習台になった結果だという。よく退学にならないな。

学校で俺に鬼絡みしてきたのも、実は仲良くなりたい気持ちの裏返しだったらしいと後になって分かった。それで俺に壁を作られて腹が立って胸ぐらを摑んできたというのだから呆《あき》れる。面倒くさい絡み方し過ぎだろ。

斎藤は見た目通りの奴だけれど案外よく喋《しゃべ》る。お陰で二人で居てもあまり気まずくならない。よく言葉につっかえるし、怯《おび》えた子犬みたいな目を常にしているけれど、こいつも俺の目を真《ま》っ直《す》ぐ見てくる奴なのだと気がついた。

俺の学校生活は、多少賑《にぎ》やかになっている。

それが良いのか悪いのかはよく分からないが、嫌ではないと思う。

「じゃあ俺、今日は電車だから」

「はっ？　マジかよ。じゃあここから俺一人？」

「またな」

渋々帰っていく近藤の背中を見送り、俺は溜《た》め息《いき》を吐《つ》いた。

「……あいつマジでずっとついて来るな」

「駿河君と仲良くなれて嬉《うれ》しいんだと思うよ」

「まぁ、別に良いけどな。じゃあ俺らも行こうぜ」

駅のホームに行くとタイミングよく電車がやって来た。夕方前のこの時間帯の電車はガラガラで、ほとんど人が居なかった。

「あれから龍音《りと》ちゃんは大丈夫だったの？」

「ピンピンしてるよ。今日は親戚の家に預けてある。今からお迎えだ」

「それで今日は電車なんだね」

「斎藤はいつも電車通学なんだよな。毎日通うの大変じゃね？」

「慣れちゃえば平気だよ」

斎藤の顔をぼんやり眺めていて、俺はふとこの間の事を思い出した。

「そう言えばお前との話、途中で終わってたよな。色々あってすっかり抜けてたわ」

「えっ、あれ？　そ、そうだっけ」

「ほら、俺と会った事があるとか。いい加減正解を教えてくれ」

俺が言うと斎藤は「あぁ……」と小さく呟《つぶや》いた。どうやらこいつも忘れていたらしい。

斎藤はしばらく口をモゴモゴ動かした後、やがてフッと笑みを浮かべた。

「もう良いんだ。駿河君と仲良くなれたし」

「言わねぇのかよ。気になるな……」

「いつか機会があったら言うね」

その時、電車が駅に到着した。目的の場所だ。

「じゃあ俺ここだから」

「うん、また」

電車を降りると斎藤が手を振ってくる。軽く会釈して見送ると、俺はグッと伸びをした。

結局言わないまま終わるとは。微妙に心がモヤつく。

「……龍音迎えに行くか」

諦めて俺は歩き出した。

龍音は本人すらも自覚していない力を持っている。現状、奇跡的に俺以外の奴には見られていないみたいだが、いつ取り返しのつかない事態になってもおかしくない。

そして例のごとく、龍音は力を使った事をまるで覚えていない。

俺は龍音の事を知らなすぎる。そして、じいさんの事も。龍音がどこからやって来たのかも分からずにいるのだ。龍音の親を見つけるとか偉そうな事を言った割に、俺の心の中には親父《おやじ》がどうにかするだろうと他人任《ひとまか》せな気持ちがあった。

でも、それではいけないのだと気付かされる。

このままだと、きっと間違いが起きる。

龍音が誰かを傷つけたり、大きな事件に繋《つな》がってしまったりするような間違いが。

※

シンジ兄《にい》の家は、駅前にある大きなマンションの一室だ。ファミリー向けのかなり高級そうなマンションで一人暮らしをしているらしい。

占い師って儲《もう》かるのだろうか。それともデザイナー業の方だろうか。いまいち底が知れないというか、謎が多い人だと思う。

マンションの入り口にあるインターホンで部屋番号を押すと「入って」と言われた。言われるがままエレベーターで五階へ。玄関のインターホンを押すとすぐにドアが開く。

「うぃっす」

「来たね。上がりなよ」

この数日間、毎日のように訪ねているからかすっかり慣れてきた。

中に上がると、広いリビングで龍音がソファに座っているのが目に入った。大きなテレビには児童向けのアニメが映っている。

普段は何を考えているかわからない奴だが、好きな物は基本的に普通の子供と大差ないのだなと再認識させられる。

龍音は俺が入ってきたのを見て立ち上がった。

「詩音《しおん》」

「遅くなったな。大人しくしてたか？」

龍音が頷《うなず》く。シンジ兄がキッチンで何やら作業しながら俺達の様子を眺めていた。

「二人共、すっかり仲良しだね」

「こいつからしたら、俺は頼れる数少ない大人だからな」

「座ったら。紅茶とコーヒーがあるけどどっちが良い？　好きなの頼みなよ」

「冷たい紅茶。レモンティーが良いな」

「詩音って微妙に面倒なもの注文するよね。図々《ずうずう》しいというか。もう少し遠慮したら？」

「自分が好きなの頼めっていったんじゃん」

「仕方ないなあ」

そういうシンジ兄は何故《なぜ》だか嬉しそうに見えた。

リビング側のソファテーブルとは別に、オープンキッチンになっている作業スペースの前には四人がけのテーブルが置かれている。俺がそこに座ると、隣に龍音も座ってきた。いつもの真顔でコツンとこちらに頭を預けてくる。こうした行動に多分意味はないのだろう。相変わらずよく分からない奴だ。

「シンジ兄、龍音の面倒見てくれてありがとな。もうしばらく頼むと思うけど」

「別に良いよ」

シンジ兄は慣れた手付きで俺の前に紅茶と茶菓子を置くと、対面に座った。

「それで、その後の生活はどう？」

「何だよ、改まって」

「だって総司朗《そうしろう》さんのお葬式以来、ゆっくり話す機会なかったからさ」

「そうだっけ」

言われてみれば龍音を預ける時もほとんど話せていないし、ここ最近はシンジ兄の仕事が忙しく、こうして家の中に通されることもなかった。腰を据えて話すのは久々かもしれない。

シンジ兄は対面に座る俺と龍音をしみじみと眺めた。

「二人共、だいぶ馴染《なじ》んでるみたいだね」

「まぁそれなりにな。龍音も新しい暮らしに少しは慣れたろ」

「なら良いけどさ」

シンジ兄はそっと肩をすくめる。

「でもいつまでもこのままって訳にはいかないでしょ。僕も仕事があるし、詩音も学校がある。何より、龍音ちゃんがこんな宙ぶらりんな状況だと可哀想《かわいそう》だ。徹平《てっぺい》さんから連絡は？」

「今んところはまだないな。遺産相続の件もあるし、色々揉《も》めてんじゃね」

「かもね。一筋縄じゃいかなそうだ」

俺は少し間をあけた後「シンジ兄」と声を掛ける。

「ちょっと相談があんだけど」

「何、改まって」

「じいさんの家に行きたいんだ。でも鍵を持ってない。何とか上手《うま》く家に入れねぇかな」

「そう言われてもね……。僕がどうにか出来る訳ないでしょ」

「やっぱそうだよな……」

シンジ兄は母方の親戚だから、父方であるじいさんの家の管理に関わっているはずがない。ただ、この人なら何かの間違いで知っていてもおかしくない気がしてつい尋ねてしまった。

「ここは和美《かずみ》の出番じゃないの。この前一緒に総司朗さんの家に行ったんでしょ？」

「和美姉《ねえ》か……」

この間のバイトの一件で嫌な思いをさせた事もあり、あまり和美姉に頼りすぎるのは抵抗があった。それに今回は龍音の生活用品を持ち帰るという大義名分もない。

下手な事をして親父と和美姉の仲がこじれるのも嫌だ。シンジ兄はその辺りを上手くやってくれるという期待もあった。

さすがに今の状況で実家に鍵を取りに戻るのはマズイよな。考えていると「あ、でも」とシンジ兄は続けた。

「確かお葬式の時、総司朗さんの鍵が見つかってないって話してた気がするな。それ見つければチャンスあるかも」

「じいさんの鍵？」

「うん。総司朗さんが管理してた鍵が無いんだってさ」

つまり今は親父の持ってる合鍵を使っているのか。

「詩音は知らないの？　総司朗さんの鍵の隠し場所」

「何か見た事あるような無いような。どこに置いてたっけな」

昔遊びに行った時、たまにどこかから鍵を取り出していたような気がする。

記憶を辿《たど》っていると龍音に服を引っ張られた。

「私、知ってる」

「本当か？」

「ん」

「なら、今度行くか。じいさんの家」

この前はバタバタしていてほとんどちゃんと調べられなかったが、龍音とじいさんが暮らした家には、まだ俺達の知らない大切なものがある気がするのだ。

「でも早くしないと総司朗さんの荷物処分されるかも。そういう話も出てたみたいだし」

「マジで？」

寝耳に水だった。

「週末にでも行ってきたら？　徹平さん、和美の旦那さんと出かけるらしいよ。和美が電話でぼやいてた」

「丁度いいしそうするか……。って言うかシンジ兄、和美姉と結構連絡取ってんだな」

「この前の葬儀がきっかけでね」

ゆっくりとコーヒーを口に運んだ後、シンジ兄はどこか寂しそうに視線を落とした。

「きっかけ一つで人の距離は近づく。君らと僕ですらそうなのに、実の家族になればなるほどそれが難しくなるのは何でだろうね」

「おばさんとは連絡してないのかよ？」

俺の質問にシンジ兄はそっと肩をすくめた。

「うちの母さんは雫《しずく》さん——詩音のお母さんと違って理解がないからね。自分とは違う価値観や感性を持つ人間が嫌なんだよ」

「親子なのにな」

「親子だから、だよ。自分の子供が自分とは違う思想や嗜好《しこう》を持っているのを、母さんは受け入れたくないんだ」

シンジ兄は視線を落とした。

「多分、僕と母さんは元々人間として合わないんだよ。でも血の繋がりがあるから簡単には離れられない。家族っていうのは良くも悪くも、言葉以上に強い結びつきがあるからね。宿命、みたいなものかな」

「宿命？」

「自分達が選択して摑《つか》むのが運命。生まれた後に定まるものだ。だから運命は変えられる。でも生まれた環境や両親、誕生日なんかは変えられない。それが宿命だよ。生まれた時から決定されてるんだ」

「ふーん？」

シンジ兄はたまにこういう話をしてくる。占いの分野なのかも知れないが、説教臭さを覚えて俺にはどうも苦手な話だ。

「僕は小さい頃から男女問わず友達がいたし、どちらも恋愛対象だった。そして母さんはそうした僕の性質を嫌がった。価値観の違いで揉めて、溝が出来て、今ではほとんど話さない。境遇は、詩音と似たようなものかもね」

「うちはもう一つ輪をかけて酷《ひど》いけどな。もはや親子戦争みたいなもんだよ」

「上手い事言うね」

シンジ兄は「ふふっ」と口元を押さえて笑ったあと、龍音に目を向ける。

「龍音ちゃんはどんな宿命を背負って生まれてきたんだろうね」

「俺らみたいに苦労はしてほしくないけどな」

外から茜色の夕陽《ゆうひ》が差し込んでくる。一日の終わりを告げるこの温かな日差しが、俺は嫌いじゃない。なんだかしんみりした空気が流れてしまった。シンジ兄は気にすること無く、コーヒーを口に運んでいる。

溝、か……。

きっとどれもが最初は小さなものだったんだろうな。道端に出来た穴みたいに、やろうと思えばすぐに埋める事が出来たはずだ。

でも時間が経《た》って、何日も、何ヶ月も、何年も時が過ぎるうちに、気がつけば埋められなくなっていた。俺もシンジ兄も、抱える問題の本質は似ているのだろう。

ふと、じいさんの事を考えた。

じいさんは晩年、家族全てと関係を絶ち、龍音と二人で過ごした。

じいさんにとって家族とはどのようなものだったのだろうか。

俺と過ごした時間は……じいさんにとって面倒くさい時間だったんだろうか。

その疑問が、今も自分の心に引っ掛かっていた。

疑問を解決する事が出来るかはわからない。でも今は、ただ行動するしかない。

「とにかく週末、じいさんの家に行ってみるよ」

※

そして土曜になった。あの後、和美姉に改めて確認したが、やはり親父《おやじ》は今日秀《しゅう》さんと出かけているらしい。

「今日ばかりはじいさんの家に入っても親父と遭遇する危険は無いってわけだ。鍵は親父しか持ってねぇし、これで邪魔は入らねぇな」

「詩音、泥棒みたい」

「人聞き悪いこと言うな」

とはいえ無断で家捜ししようとしているのだから似たようなものだろうが。

龍音を連れてじいさんの家へと足を運ぶと、家の前に誰かが立っていて思わず身構えた。

「今日は誰も居ないはずだろ……!?」

「詩音」

立っていたのはシンジ兄だった。

「気になって来たんだ。詩音だけだと何かと心配だし」

「ガキ扱いすんなよ」

「子供みたいなもんでしょ。で、鍵の位置は？」

「そうだ。龍音、場所ってどこか分かるか？」

「うん」

龍音は裏庭へと歩き出す。後をついていくと、裏庭に入ってすぐ龍音は足を止めた。

「どうした？　あったか？」

龍音は首を振る。困惑しているように見えた。

「おじいちゃん、ここにあった植木鉢の中に鍵隠してた」

龍音は縁側の下を指し示す。

「どこにも植木鉢なんてねぇけど」

「庭が少し違う」

「どういう事？　詩音分かる？」

「分かるったって――」

改めて裏庭を眺めると、確かに物を動かしたような形跡がいくつかあるのがわかった。

例えば花壇の縁石になっているレンガの上に微妙に物が置かれていた跡が残っていたりす

る。誰かがここに置いてあったものを動かしたのだ。

「物の配置がズレてるな。それで庭が変わって見えるんだ」

「総司朗さんの葬儀の時に色々動かしたのかな」

「その際に鍵が見つかってないのが気になるな。なぁ龍音、もうちょっとヒントとか無いのか？　植木鉢の形とか、色とか」

「茶色くて小さな植木鉢だった」

「茶色の植木鉢結構あるね。ちょっと探してみようか」

探索する俺達をよそに、すっかり荒れ果てた裏庭の花壇を龍音は眺めていた。その瞳は、俺には少しだけ悲しそうに見える。この間来た時もそうだったな。この花壇は、龍音にとってじいさんとの思い出が詰まった場所なのだろう。

「今日終わったら、何か花持って帰るか」

「本当？」

ぱっと龍音の表情が明るくなる。目に光が宿っていた。

「こんな状態だから花の一つや二つ持って帰っても文句言われねぇだろ。これとか運びやすいんじゃね？」

俺が大きな植木鉢の中に入っていた小型の植木鉢を持ち上げると、ちょうどその下に鍵が置いてあった。

「あ……」

脳裏に記憶が浮かんでくる。かつてじいさんの家に遊びに来ていた時、一度だけじいさんが鍵の隠し場所を教えてくれた事があった。そう言えばこうして植木鉢を重ねて隠していた気がする。だから運ばれた時に誰も気づかなかったのだ。

——皆には内緒じゃぞ？

優しく微笑《ほほえ》むじいさんの顔が不意に思い起こされる。

振り払うように首を振ると、俺は鍵を手にした。

「シンジ兄、鍵見っけた」

「ホント？　良かった。中に入ろうか」

玄関に戻って鍵を差し込むと、予想通りガチャリと音がして中に入ることが出来た。以前来た時からほとんど変わっていない。あれから誰も来ていないのだろう。

「遺言書のゴタゴタが片付いたら業者呼んで一気に家具を処分するんだろうね」

俺の心を読んだかのようにシンジ兄が言う。

「早めに来て正解だったな」

「でも改めて見ると、何だか寂しい家だね」

シンジ兄の言葉が耳に残った。以前、俺も同じような事を思った気がする。この家にはどこか薄ら寂しさが漂っている。広い割に家具が少なく、整頓されていて生活感がない。

この寂しい家で、じいさんはずっと龍音と二人で暮らしていたのか。

「龍音ちゃんが居てよかったね。こんな大きな家で一人暮らししてたら、総司朗さんも寂しかっただろうし」

「……かもな」

でもじいさんは、自ら選んでそうなったんだ。

——詩音、もうここに来てはいかん。

あの日、突然言われた言葉は今も忘れない。逃げ場所を突然奪われた事で、俺の人生はどこかおかしくなった。色んな事が上手《うま》くいかなくなり、歯車が嚙《か》み合《あ》わなくなった。じいさんのせいにするのは違うだろうが、やっぱりあのじいさんの言葉は、危うい均衡の上にあった俺の日常を崩したのだと思う。

「詩音、大丈夫？」

龍音の声でハッとする。我ながら酷い顔をしていたらしい。

「何でもねぇよ」

一階には台所と風呂場と縁側に和室。奥には書斎もあるが、ここは後回しにする。

「本当に広い家だな……」

じいさんは元々製糸工場を営んでおり、京都などを始め織物《おりもの》や反物に使うような糸の製造を行っていたらしい。そこから生地開発にも手を出すようになり、繊維メーカーとして会社を大きくし、全国の手芸用品店との事業提携を行うようになった。

親父が跡を継いでからはより事業を拡大しているようだが、詳細まではよく知らない。

いずれにせよ、仕事を大きく成功させたからこそ、こんな大きな家に住んでいる訳だ。

「家の手入れ、よく行き届いてるね」

「じいさん、几帳面《きちょうめん》だったからな」

「おじいちゃんよく掃除してた。私も手伝った」

「偉いね、龍音ちゃん」

龍音の頭をシンジ兄が撫《な》でると、龍音はキラキラと瞳を輝かせた。表情は乏しいが、目が雄弁な奴だと思う。

二階は物置とじいさんの寝室。それに龍音の寝室もあった。元はばあさんの部屋だったのを龍音の部屋にしたのだろう。物置にはほとんど物が残されていない。

「あとは書斎か」

俺の前に居た龍音は、はしゃぐようにパタパタ走って書斎に入った。我が家が嬉《うれ》しいのかも知れない。

「わぁ……」

書斎に入ったシンジ兄は感嘆の声を上げた。

書斎は吹き抜けの造りになっていて、二階まで届く大きな本棚が備え付けられている。

何千冊という本が棚に飾られている様子は、普通では考えられない規模だ。

部屋の奥には階段がある。上ると本棚に沿って作られた通路に繋《つな》がっていて、高いところの本も手に取れるようになっていた。

「ここに入るのは初めてだけど、広いね……それにオシャレだ」

「じいさんは本の虫だったからな」

昔、何度かおとぎ話を聞かされた事がある。あれが全部即興創作だったと知った時は驚いたものだ。

じいさんは仕事を親父に譲ってから、読書を趣味としていた。縁側で本を読むじいさんの姿は今も印象に残っている。じいさんは多分、色んな世界を見たかったんじゃないだろうか。でも体力的に難しいから、旅行ではなく読書で冒険欲を昇華させていたのだと思う。

「龍音、じいさんとの暮らしは楽しかったか？」

「うん。おじいちゃん、よくお話聞かせてくれた」

龍音がそっと本を手に取る。その仕草がかつてのじいさんに重なって、俺は目を瞬《しばた》かせた。そんな俺を龍音は不思議そうな目で見る。

「どうしたの？」

「別に」

じいさんが死んでから、龍音は色んな大人から心無い言葉を言われていた。だから、じいさんと過ごした時間が彼女にとって楽しかったのは、少しだけ救いに思える。

一生懸命本を読む龍音を見ていると、自然と笑みが浮かんだ。柔らかな太陽の光が部屋に差し込み、穏やかな気持ちになる。

俺の視線に気づいた龍音は、驚いた顔をした。

「おじいちゃん……」

「誰がじいさんだ」

「今、詩音がおじいちゃんに見えた」

「そんなに歳《とし》とってねぇよ」

「詩音の笑った顔、おじいちゃんに似てる」

そんな事言われたのは初めてで言葉に詰まった。思わず本棚に視線を移す。

……何で俺はちょっと喜んでるんだ。じいさんに似てるだなんて、親父と似てるって言われるのと同じくらい嬉しくないはずなのに。

「にしても本、多いな……」

特に本棚に入っていない本が多すぎる。机の上や床に本が山積みになっていた。俺はその事に違和感を抱く。

「変だな」

「何が？」

俺の言葉にシンジ兄が首を傾《かし》げる。俺は続けた。

「いや、じいさんこんな適当だったかなって。だって家は整頓されてたろ。本なんてもっと大事にしてたし、一度読んだ本は必ず棚に戻してた気がするんだよな」

「そう言えば他の部屋に比べてここだけ片付けが杜撰《ずさん》だね。本を戻す位置を忘れたとかは？　総司朗さん、結構お歳だったし」

「いや……どうだろ」

俺は部屋を歩いて、本棚に入っていない本をしばらく観察する。神話、伝記、伝承の類ばかりだ。何かを調べていたのだろうか。

古めかしい本の中には、いくつか真新しい新書が紛れ込んでいた。手に取り、パラパラとめくってみる。そして、それらの中に共通の項目を見出《みいだ》した。

「龍……」

思わず呟《つぶや》く。

室内にある、本棚に戻されていない書籍には全て、龍に関する記述がされていた。

日本古来の龍伝説について何か調べていたのだろうか。

「ねぇ詩音」

「何だ？」

「この机、ちょっと変じゃない？」

書斎机の一番上の引き出しを開けたシンジ兄が首を傾げていた。言われて中を見たが、まだ使われていないノートと筆箱が入っているくらいでそれほど物珍しさはない。

「これのどこが変なんだよ？」

「浅いんだ。引き出しの深さの割に中が狭い。底板の部分が厚くなってるんだよ」

「そういや確かに……」

試しに引き出しの裏側から底に触れてみる。コンコンとノックするも、それほど板が厚い感じはしなかった。上側から見た底板と裏側から見た底板の間に空間でもあるようだ。

「何だこれ。どうなってんだ？」

上から底板をガタガタ揺らしていると、不意にカタンと音がして板がスライドした。

「二重底だ。底板がスライドするように出来てるんだよ」

「あのじいさん、妙なもん作りやがって……」

板をスライドさせると古びた手帳が出てきた。かなり使い込まれていたらしく、表紙が傷だらけになっている。

どうしてこんな場所に手帳なんかあるんだ。誰にも見られたくない事でも書かれているのだろうか。

俺はシンジ兄と顔を見合わすと、手帳を開いた。

そこには、じいさんの字でこう書かれていた。

『龍を預かった』と。

※
龍を預かった。

夢枕に見覚えのある長い髪の美しい女性が立ち。

彼女は眠っている私にこう告げたのだ。

「約束を果たしてもらう」と。

女性は、私が若い時に契約を交わした神だった。

私がまだ三十代の頃だ。

仕事が軌道に乗らず、まともに生活出来ない時期があった。

妻和子《かずこ》と長男の徹平を抱えた私は、願掛けをしにご利益が強いと有名な近所の源龍神《げんりゅう》社にお千度参りをしたのだ。

幾日も、幾日も、私は神社を訪ね商売繁盛を祈願し続けた。

すると千日目になった時、私は不思議な体験をした。

早朝の、霧がとても濃い日の事だった。

いつものように神社を訪ねると、鳥居をくぐった時に濃霧に視界を奪われたのだ。

手を伸ばした先も見えないほどの濃い霧に阻まれ、私は自分がどこにいるのかわからなくなった。

私は社《やしろ》を目指し歩くことにした。

神社はそれほど広くなかったが、歩けど歩けど一向に社までたどり着く気配がない。

石畳に沿って歩いているのに、社はおろか道が終わる気配すらなかった。

どこまでも石畳が続き、まるで狐《きつね》に化かされているようだった。

闇雲に歩き、何時間と時間が過ぎた。

霧から抜け出せないまま陽《ひ》が落ち、暗くなり始めた。

さすがにその頃には、自分がいる場所が普通でない事だけは理解出来た。

疲れ果てた私は、石畳の上に座り込んだ。

妙な場所に迷い込んでしまった。このままもし戻れなければ――

私はここで初めて、死の可能性について考え始めた。

いよいよ空が完全に暗くなり、濃霧と暗闇に囲まれ、私は動けなくなった。

すると私の目の前に突然光が現れたのだ。

それは、光をまとった不思議な女性だった。

目の覚めるような美人で、人間離れしているようにも見えた。

私は彼女に帰る道を知らないか尋ねた。
すると彼女は私の質問には答えず、こう告げたのだ。
「契約をしろ。私が貴様の将来を約束する。代わりに、私の言うことを聞いてもらう」
彼女は私に言った。
「遠い未来、私の子がこの世に渡される。
その子は天が定めた審判者として、人の行く末を決める事になるだろう。
私はお前に力を与える。
お前は人を代表し、その子を育てるのだ。
私の——龍の子を」
それはどこか夢物語のような言葉だった。
私は現実に帰れるなら何でもすると、彼女と契約をした。
契約を果たした彼女は、どこか憐《あわ》れむような、悲しむような顔をしていた。
次に目が覚めた時、私は入り口の鳥居の前に座っていた。
夜はすっかり更け、霧は晴れ星が見えていた。
意識が曖昧なまま家に帰り、その日は疲れていた為《ため》すぐに眠りについた。
しかしそれ以来、不思議なほど仕事が軌道に乗るようになった。

大口の案件をもらい、仕事仲間に恵まれ、トントン拍子に仕事を軌道に乗せる事が出来た。

今までの苦労が嘘《うそ》のように……。

あれから数十年経《た》ち、息子に仕事を託し、私は隠居した。

穏やかな日々を過ごしていた私の前に、再びあの女性が現れたのだ。

「約束を果たしてもらう。

お前にこの子を渡そう。

この子は龍の子。

人の行く末を見極める役割を持った我が愛子《まなご》。

人の行く末を決めるよう天が定めた審判者。

この子を護《まも》り育てろ。

この子が聖となるか邪となるかは貴君次第。

役目の放棄は認めない。

破れば最後、末代まで祟《たた》り続ける」

目を覚ますと、枕元に一人の赤ん坊がいた。

家は鍵を掛けており、誰も入れないはずだったのに。

まるで何事も無かったかのように、その子は安らかに眠っていたのだ。

人の子ではないと思った。
私がかつて見たのは夢ではなかったのだ。
あの日、私は人間の領域ではない場所に迷い込んだ。
そしてそこで、確かに神と契約を交わしていた。
赤ん坊を目の当たりにした時、初めてそれが現実なのだと知った。
私は極力人との交流を断ち、龍の子を育てることにした。
長く幸せだった人生の代償を、ようやく支払わなければならないのだと思った。
誰も巻き込む訳にはいかない。
家族を家から遠ざけ、孫にも二度と来ないよう告げた。
その時の詩音の顔は……生涯忘れられないだろう。
愚かなおじいちゃんをどうか許して欲しい。
若かった私は夢と現実の区別もつかず、あまりに軽率な約束をしてしまった。
龍の子は、私の若さゆえの過ちそのものだ。
龍の子の名は龍音というらしい。
　これから龍の子をどう育てようかと思った時。
戸籍上で、龍音が私の養子になっていた事を知った。

両親の名が記されていたが、その名に覚えはない。
興信所に依頼を出したが、どこの誰なのかを突き止める事は出来なかった。
恐らく、この世に存在しない架空の人物なのだろう。
だとすれば、私の友人の子という事にしてしまうのが良《い》いかもしれない。
不思議なもので、共に暮らすうちに龍音へ情が湧いてしまった。
この子は何も知らぬ無垢《むく》な子供だったからだ。
上手《うま》く絵を描ければ嬉《うれ》しそうに私に見せてくれる。
テレビアニメに夢中になり目を輝かせる。
私の料理を美味《おい》しいと言ってくれる。
龍音を、私はいつしか本当の我が子のように思うようになった。

龍音と暮らして数年が経った。
ずっとこの子が本当に龍なのか半信半疑だったが、やはり普通の人間ではないようだ。
庭仕事をしていた時の事だ。
龍音が庭を走り回っていて転んでしまった。
膝から痛々しく血が流れ、私は慌てて手当てをしようとした。
しかし、治療道具を持ってくる間に、怪我《けが》をしていたはずの膝が完治していたのだ。

普通にはない治癒能力を有しているのだと知った。

それ以降も似たような事が多数あった。

別の日には、かぶらせていた帽子が風に飛ばされて高い枝に引っかかった事もあった。

ハシゴを出さねば到底取るのは難しい高さだ。

私がどうにかして帽子を取ろうと格闘していると、この子はあっさり跳躍して取ってしまったのだ。

大人二人分はある高さにあるものを、難なく手に取った。

人並み外れた運動神経を持っているのだとこの時気づいた。

優れているのは身体能力や治癒能力だけではなかった。

龍音は知性も高い子だった。

教えた事をスポンジのように吸収してしまう。

二歳の頃には私の読んでいた本の内容を理解していた。

読み書きのレベルがかなり高いようだ。

話すのはまだ苦手みたいだが、成長につれすぐに追いつくだろう。

子供を育ててきた経験から見ても、龍音の発達速度は明らかに異常だった。

人ならざる子供と過ごす日々。

しかし、最初に感じていた使命感や重責はいつしか無くなっていた。

龍音は実に良い子だ。
この子に誰かを審判などさせてはならない。
人としてではなく、家族として、龍音の親として、そう思うようになっていた。
人として生きる事が、この子の本来あるべき姿だ。
もしこの子が生涯この世界で暮らすのであれば。
いずれ彼女を普通の人間として生活させてやりたい。
せめて龍音が大きくなるまでの間、私が彼女を見守れれば。

最近体の調子が良くない。
私ももう長くないのかもしれない。
しかし、誰かがこの子を育てなければならないのだ。
継がねばならない。
この子を人として導ける人物に。
私がずっと蓋をし続けてきた問題に向き合う時が来た。
だが、思い浮かんだのはたった一人だった。
詩音。
私が最も愛し、大切にしていた孫。

心に強い芯を持ち、意志を貫ける子だ。

詩音なら、きっと龍音を正しい方へ導いてくれる。

詩音、すまない。

おじいちゃんを許してくれ。

※

「何だよ……」

俺は肩を震わせた。

「何だよこれ！」

手帳を持つ手に力が入り、思わず呼吸が荒くなる。

大切にするだの、愛しているだの。

そんな言葉を今更目にするなんて思っていなかったし、思いたくもなかった。

「詩音、大丈夫？」

シンジ兄が俺の肩に触れ、冷静な表情で手帳を眺める。

「夢物語……には見えないね。ここに書かれてる事、どこまでが本気なんだろう」

じいさんが若い頃、毎日のように神社に神頼みをしていたという話は耳にした事がある。

当時は仕事に悩んでいたものの、その後くらいから事業が軌道に乗り始め、成功した。

ここに書かれている事が本当なら、龍音はやはり人間の子じゃない事になる。

「実体験を元にしたフィクションだろ、どうせ」

「それにしては厳重に保管されてたみたいだし、手記もかなり詳細に見えるけど」

「見られるのが恥ずかしくて隠してたんだろうよ。小説のアイデアをちょこちょこメモしてたんじゃね」

「そうかなぁ……」

誤魔化すために口にはしてみたものの、多分違うと確信していた。シンジ兄もいまいち納得していないように見える。信じるにはあまりに荒唐無稽過ぎるし、嘘だと切り捨てるには事実に沿って記され過ぎている内容。

俺も実際に龍音の異質さを目の当たりにしていなければ、信じていなかっただろう。

「シンジ兄。この話、内密にしてもらって良いか」

「別に良いけど。徹平さんに報告しないの？　手帳の事」

「どうせ信じねぇよ。渡しても捨てられるだけだ」

「だよね……」

シンジ兄はしばらく考えた後、ふと龍音に目を向ける。

「ねぇ龍音ちゃん、あの二階の通路にジャンプして届く？」

シンジ兄は二階部分の通路を指差す。本来なら二階から書斎に入るか、吹き抜け階段を上らねばたどり着く事は出来ない。

「シンジ兄、妙な事言うなよ。変な事させて怪我したらどうすんだ」

「いや、ちょっと気になって……」

「うん、出来るよ」

俺たちが反応する間も無く。龍音は軽く膝を曲げた後、ポンと床を蹴って跳躍した。実にキレイな弧を描いた龍音は、難なく手すりを乗り越え、二階部分の通路へと着地する。

それはわずか数秒にも満たない、一瞬の出来事だった。

俺とシンジ兄が啞然《あぜん》として口をポカンと開く。

「嘘でしょ……ここからあそこまで三メートルはあるけど」

「将来高跳びで活躍するかもな……」

そんな俺たちの顔を、龍音は不思議そうに二階から見下ろしていた。

結局、龍音に関する手がかりはあの手帳しか見つからなかった。

家の鍵を掛け、裏庭の物を鍵と共に元の位置に戻しておく。このまま鍵を持って帰ると後々揉《も》めそうな気がした。

「本当に龍の子が居るなんて思わなかったな……」

じいさんの家を出てようやく一息ついていると、シンジ兄が呟《つぶや》いた。

「そうとは限らねぇだろ。とんでもねぇ跳躍能力持った子供の可能性もある訳だし」

「ありえなくはないだろうけど、それなら僕はまだ龍音ちゃんが本当に龍の子供だったっていう方が信じられるかな」

「どっちにしろ荒唐無稽だけどな」

ただ、じいさんの手帳に書かれていたのは、おそらく世迷言《よまいごと》ではない。

あれはきっと、じいさんが実際に体験した出来事だ。

──その子は天が定めた審判者として、人の行く末を決める事になるだろう。

日記に出てきた神様とやらはそう言っていた。

俺は龍音をチラリと見る。どこからどう見ても普通の子供に見えた。

人を審判する力か。釘塚《くぎづか》や、他校の奴らにしたみたいな行動を『裁き』とするなら、確かにその力が悪い方向に働けば数多《あまた》の人間を巻き込んだ大事件になってもおかしくはない。

「なぁ龍音」

「何？」

「もう人に手を出したり、命令したりすんなよ」

「した事ない」

「とにかくだ。妙な力は使うな。走ったりとか、跳んだりとかも周りの奴らに合わせろ」

龍音は首を傾《かし》げる。「どうしてそんな事言うの？」とでも言いたげな顔だ。

多分、自分が未知の力を持っている事を龍音は自覚していない。

さっき跳躍した龍音の様子はいつもと変わらなかった。という事は今まで赤く目を輝かせていた時は、龍音の力が暴走していた可能性がある。特に記憶を失っている時は、人格すら変わって見えた。

龍音はまだわかっていない。人と自分がどれほど違う存在なのかを。これからそれは、長く人と暮らす中で見つけていかなきゃならねぇんだ。

じいさんは家の中にほぼ軟禁する形で龍音を周囲から隔離していた。でも俺はそうするわけにはいかないし、多分龍音の事を考えると正しくない選択だ。周りの人間と関わらせる事で、龍音は人として生きていける気がしている。

「約束だけでいい。してくれ」

「わかった」

頷《うなず》く龍音に、俺は内心胸を撫《な》で下《お》ろす。真剣に言っているのだけは伝わったらしい。

「そうだ、ちょっと待ってろ」

俺はふと思い出すと、近くの植木鉢を手にした。

「何するの？」

「花、持って帰るんだろ？」

「本当に良《い》いの？」

「少しくらい大丈夫だろ。何が良い？　やっぱリンドウか？」

「詩音、リンドウはこれからの時期に向かないんじゃないかな。春に咲くものだし」

シンジ兄が口を挟む。

「じゃあ何が良いんだよ」

「これは？」

シンジ兄が指したのは、芽を出したばかりの新葉だった。雑草にも見えるけれど、何かの花なんだろうか。

「何の花だ、これ」

「桔梗《ききょう》だと思う。多年草だから、ちゃんと育てれば来年も咲いてくれるよ」

「詳しいな、シンジ兄」

「小学校のころ育ててたんだ」

「なるほどな。龍音、これでいいか？」

「うん」

「シャベル貸して。根が真《ま》っ直《す》ぐだから植え替えにコツがいるんだ」

シンジ兄が手際よく植木鉢に桔梗を移し替えてくれる。

「良かったな」と言うと龍音は嬉《うれ》しそうな笑みを浮かべた。彼女が笑う姿を見るのはそれが初めてだった。

　シンジ兄が植木鉢に桔梗を移し替えるのを眺めながら、じいさんもかつてはこんな風に龍音と花を育てたのだろうかと思いを馳《は》せた。

「龍音、一つ聞いて良いか？」

「何？」

「じいさんの最期は……どんな感じだった？」

　それは、俺がずっと避けていた話題だった。

　晩年、じいさんは孤独だった。自分のした事に一人で始末をつけようとした結果そうなったんだ。

　だから手帳には、まるで懺悔《ざんげ》のように何度も謝罪の言葉が書いてあった。

　すまない、すまないと。

　その言葉を読んだ時、自分の中のじいさんへの怒りが萎《しぼ》み、大きなしこりに変わった気がした。俺はもっと、じいさんの力になれたんじゃないだろうか。無理やりにでもじいさんの家に押しかけて事情を聴けばよかったんじゃないかって、そう思っちまうんだ。

「おじいちゃん、笑ってたよ」

「笑ってた？」

　意外な言葉に俺は顔を上げる。龍音はいつもの真顔で平然と頷いた。

「楽しいって言ってた」

「そっか……」

「詩音のお話も沢山してくれた」

「俺の？」

「自慢だって。いつか会わせたいって言ってた」

初対面の時、龍音はまっすぐ俺に声を掛けてきた。あれは、じいさんから俺の事を聞いていたからか。

「自慢の孫……か。そんな風に思われてたんだな」

今更都合がいい話だと思う。死んだ人間の言葉を美談のように語るのは嫌いだ。

でもどこか、心につかえていたものが取れた気がした。

「ねぇ、詩音。僕思ったんだけど」

不意にシンジ兄が言う。

「総司朗さんが一億円も龍音ちゃんに相続したのって、ひょっとして詩音の分も入ってるんじゃない？」

「えっ？」

「二人がこれから一緒に暮らして、生きていけるように一億も渡したんじゃないの」

「だったら親父《おやじ》に渡せばいいだろ」

「徹平さんだと土地とか事業とかに消えちゃいそうでしょ。詩音に渡すと親族と角が立ちそうだし、だから龍音ちゃんに渡す形にしたんじゃないかな」

「そんなはず……ないだろ」

もし、俺と龍音が一緒に暮らすことを望んで、じいさんが一億円を託したとしたら。

俺は今まで、どれだけ酷《ひど》い言葉を投げかけてきたんだ。

――詩音、今はまだ周囲の人達はお前にとって敵に思えるかもしれん。じゃが、お前がちゃんと向き合えば、敵は敵でなくなる。きっと、お前を理解してくれる味方になるはずじゃ。

いつか言われたじいさんの言葉が蘇《よみがえ》る。

俺は今、ようやくじいさんと向き合う事が出来たのか。

すると、龍音が俺の顔を見て目を丸くした。

「詩音、泣いてる」

「あっ？　誰が泣いて――」

俺はそこで初めて、自分が泣いている事に気がついた。

「泣いてなんか、ねぇよ……」

沸々と、色んな感情が湧き上がってくる。

大切な人がいなくなってしまった時の悲しみとか。

じいさんが本当は俺を誇りに思ってくれていた事とか。

長くあった心の氷が溶け、じいさんが本当にこの世から居なくなってしまったのだと俺はようやく実感していた。

たぶん俺とじいさんは、たった一言の言葉があれば分かち合えた。

でも今はもう、その言葉すら交わす事が出来ない。

本当に死んじまったんだと思った時、勝手に涙が流れていた。

涙が溢《あふ》れて止まらない。鼻水が垂れ、小さく嗚咽《おえつ》する。

じいさんはとても穏やかな最期を迎えた。

龍音との生活は、じいさんにとって幸せなものだった。

じいさんと龍音は家族として穏やかで慎《つつ》ましい生活を過ごしていた。

実際の情景を見たわけじゃない。

けれど、俺の中にはどうしようもなく流れ込んでくる。

花に水をやり、二人で笑い合うかつての龍音とじいさんの姿が。

それが俺には、救いに感じられたんだ。

第五話　母の思い出

じいさんの家の調査が終わって数日経《た》った。

過ごしやすかった春が過ぎ、季節はそろそろ初夏から梅雨へ移行しようとしている。

「雨……」

龍音《りと》が部屋から外を眺める。

「最近雨増えてきたな」

龍音と過ごして三週間が経とうとしていた。

まだ親父から連絡は来ていない。一ヶ月ほど掛かるとは聞いていたけれど、そろそろ親族会の話が来ても良いはずだ。というか来ないと色々と困る。アパートの管理人の許可はもらっているとはいえ、十七歳のヤンキーが五歳の子供連れ回してんだ。目立つようになってきているし、警察や児童相談所から連絡が入ってもおかしくはないだろう。

俺もさすがに学校後のバイト代だけで生活するのは不可能だと悟り、親父の仕送りに手を付けるようになってしまった。今までは日雇いのバイトも挟んでいたけれど、龍音の世話もあるからそうもいかない。元々は生活費として振り込まれたものではあるが、使うのは負けた感じがして、抵抗がとても強かった。

「まぁ、そんな事も言ってらんないか」

「何が？」

「こっちの話だよ」

俺の下らないプライドで、龍音を苦しませる訳にはいかない。

じいさんへのわだかまりが消えてからというもの、俺の考え方は少し変わった。じいさんや親父への反発心がずっと強かったが、それより優先すべきものがあるのだと考えるようになった。

きっと、俺の中で龍音が少しずつ大きな存在になっているからだ。

じいさんは家族を守るために龍音を一人で育てようとした。自分の不始末に自分で片をつけるために一人で龍音に向き合おうとしたのだ。多分、家族を大切にしていたじいさんからすれば、とても辛《つら》い選択だったに違いない。

大切なもののために、自分の想《おも》いを曲げなければならない事がある。それが俺のちっぽけなプライドや意地なのであれば、捨てても良いじゃないかと思えるようになった。

「にしても最近全然出かけてないな。龍音、お前もそろそろどっか行きたいだろ？」

「うん」

その時、タイミングを見計らったかのようにスマホが鳴った。和美《かずみ》姉《ねえ》からだ。

『もしもし、詩音《しおん》？　今大丈夫？』

「どうした急に」

『あんた明日学校休みでしょ。空いてる？』

「別に何もねぇけど」

『じゃあ空けときなさいよ。出かけるから』

「どこにだよ」

『そんなの決まってるじゃない。忘れたの？　もうすぐ母さんの命日でしょ』

「あっ……」

もう、そんな時期なのか。

※

翌日。俺は和美姉と共に墓参りへと来ていた。龍音や岬《みさき》も一緒だ。

「晴れてよかったわね」

「もうちょいしたら天候荒れるってよ。早めに済ませて切り上げようぜ」

「終わったらご飯でも行きましょ。奢《おご》ってあげるわよ」

「マジで？　ラッキー」

俺と和美姉が話していると、つまらなそうに下を見て歩く岬が目に入った。

「どうした岬。何か不貞腐《ふてくさ》れてんな」

岬は黙ったまま口を尖《とが》らせている。まだ拗《す》ねてるの？」と岬の顔を覗《のぞ》き込む。

するとこ和美姉が「もう、岬。まだ拗ねてるの？」と岬の顔を覗き込む。

「ママ言ったでしょ？　今日はおばあちゃんのお墓参りだから遊びに行っちゃダメだよって。仕方ないじゃない」

「言ってたけど、それとこれとは話が違う！」

「違わないでしょ。ママとの約束忘れて遊びの約束しちゃったのが悪いんじゃない」

「もういい！」

ははあ、なるほど。遊びに行きたかったのにこっち連れて来られて拗ねてんのか。

「まぁ確かに、岬からしたら会ったこともねぇ人の墓参りなんて面倒臭いよな」

「何よ詩音。岬の肩持つっての？」

「無理に子供連れてこなくてよかったんじゃね？って話だよ」

とはいえ、和美姉の気持ちも分からないではなかった。年々おふくろの墓参りをする人は減っているし、今年はじいさんも亡くなった。なるべく大勢でお参りをしたかったのだろう。

「今日は龍音が居るからよ。話し相手になってやってくれよ」

岬はチラリと龍音を一瞥《いちべつ》すると、プイとそっぽを向いた。思わず龍音と俺は顔を見合わせる。完全にへそを曲げてるな。

俺のおふくろ『駿河雫《するがしずく》』の墓はじいさんの家から歩いて数十分の距離にある。長年世話になっている寺に駿河家の墓があり、そこにおふくろは眠っていた。

寺の住職に挨拶を済ませ、バケツに水を汲《く》んで墓へと向かう。

「もう九年経つのね。早いもんだわ。母さん、今の状況見たらビックリするでしょうね。詩音が子供と暮らしてるんだから」

「誰でもビックリだろうよ。十七歳の息子が五歳の子供の面倒見てるなんて」

話しながら墓石の前まで行くと、そこにはすでに花が供えられていた。線香も最近焚《た》かれた形跡がある。

「誰か来たっぽいな」

「きっと父さんね」

「親父？」

意外な名前が出てきた。

「あんたは来るの久々だから知らないかも知れないけどね。父さん、何だかんだ言って毎年ちゃんと来てるのよ。ああ見えて母さんの事、大切にしてたから」

にわかには信じがたい話だった。

「親父《おやじ》が病院に来たの見た事ないけどな」

「私達が居ない時に来てたみたいね。ほら、あの性分だから。素直には行動出来ないんじゃない」

「素直じゃねえにも限度があるけどな」

「そう言えばあの病院、ここから近いわよね。よく母さんのお見舞いに通ったの覚えてる？」

「当たり前だろ」

忘れる訳がない。学校が終わったら毎日のようにおふくろに会いに行っては、今日あった事を話していた。

おふくろは優しく笑う人で、出来た事を褒めて、出来なかった事を一緒に考えてくれる、怒らない人だった。親父とは真逆な性格だったと思う。

どうしてあんな奴と結婚したのか俺はずっと疑問だった。

――お父さんは弱い人だから。

おふくろはそう言っていた。俺達が知らない親父の一面を知っていたのかもしれない。

「あんた、あの時病院で仲良かった子が居たわよね。ほら、よくおばあちゃんのお見舞いに来てた女の子。あんたよく一緒に遊んでたでしょ」

「あー……、そう言えばなんか居たな」

俺がおふくろに会いに行くと、決まって俺と同じ歳《とし》くらいの女の子が居た。

同じ病院に祖母が入院しているらしく、待合室でたまたま知り合い、仲良くなって遊びに行くようになった。おばあちゃんに花を渡したいと言うので、一緒に摘んだ記憶がある。

大人しくて自己主張が少なかったけれど、優しい子で俺の話によく笑ってくれた。その子と過ごす時間は嫌いじゃなかった。

だけど突然病院に来なくなり、以降その子と会う事はなかった。

あの子の名前は――何だったか。

「もしあの子が居たら、今頃詩音と同じくらいかもね。同じ学校に通ってたりして」

「んな訳あるかよ。何年前だと思ってんだ」

「あら、分かんないわよ？　偶然再会して、恋に落ちたりとかあるんじゃない？」

「すぐそういう話に持っていくよな……」

すると不意に何かに気づいたように和美姉がキョロキョロと辺りを見回した。

「どうした？　和美姉」

「岬は？」

「えっ？」

と言うか。

「龍音も居ないんだけど」

※

「あーあ、退屈。こんな事だったらゆかりちゃんの家に遊びに行けばよかった」

ママと詩音の話があまりに長いから、お寺を抜け出した私は縁石に座っていた。

山際にあるせいかこのあたりはほとんど自動車が通らず、人の姿はあまりない。どこかに遊びに行けそうな施設も見当たらなかった。

せっかく学校がお休みなのに、こんな場所で一日過ごさなきゃならないなんて。

本当は今日、クラスメイトのゆかりちゃんに遊びに誘われていたのだ。それを家族行事だからと無理に断った。こういう付き合いが小学生は大事なのに。

「ママも詩音も馬鹿みたい、こんな暑い日にお墓参りだなんて」

夏までまだ間があるとはいえ、長く歩くと汗をかく。今日はジメジメしているので尚更《なおさら》暑さが肌にまとわりつくような気がした。

朝は晴れていた空を、徐々に分厚い雲が覆い隠すようになった。まだ早い時間なのに少しずつ辺りが暗くなり、午後にはひと雨来そうだ。

私が日陰で服をパタパタしていると、誰かが私の横に立った。

龍音だった。

「何？　私に何か用？」

私が尋ねても龍音は何も答えない。勝手にママ達から離れたことを責められているような気がして、居心地が悪かった。

龍音にはこれまでも何度か会ってきたけど、未《いま》だに何を考えてるかよく分からない。

「何か文句あるんなら言えば良《い》いのに。……座れば？」

私が言うと、言われるがまま龍音は私の隣に座る。まるで人形みたいだ。

「あんた詩音と暮らしてるんでしょ？　暴力とか振るわれてないの？」

「詩音は優しい」

「えー、ちょっと信じられないかも」

「詩音と一緒に居ると安心する。私を大切にしてくれる」

雲の隙間から漏れ出た陽《ひ》の光に照らされ、龍音の産毛《うぶげ》が薄く浮かび上がった。まるで光をまとっているように綺麗《きれい》で、思わず魅了される。私より年下のはずなのに、成熟した大人の女性に見えた。見惚《みと》れていると、パッと目が合った。思わず目を逸《そ》らす。

「龍音はまだ小学生じゃないんだよね」

「うん」

「幼稚園も行ってないの？」

「ずっと家にいる」

「絶対おかしいよそれ。早く行った方がいいよ」

「どうすればいいの」

「そんなの、詩音に頼めば良いじゃん」

私が言うと龍音は私の横で膝を抱えた。

「詩音を困らせたくない」

「困るって……でも今は詩音が龍音のパパなんでしょ？」

「違うと思う。よく分からない」

「分からないって、何が？」

いまいち会話が噛《か》み合《あ》わない。聞いた事に対して求める返答が来ない感じだ。小学校にも同じような子が居る。話しても全然噛み合わないし、言葉が出るのにいつも時間が掛かる。だから話しててイライラする。龍音はちょっと、そういう子に似ている気がした。

「龍音ってはっきり話さないよね。小学校に通ったら、下の方になっちゃうよ？」

「下の方って？」

「クラスの中の順位の話。私のクラスでは、一番がゆかりちゃんで、二番が私。あとはみんな、ずーっと下なんだよ」

「順位なんてあるの？」

「うん。その順位で偉い人が決まるんだから」

「どうやって決めているの」

「勝手に決まっていくの。人気があったら上になるし、嫌われてたら下になる。そういう決まりなの！」

イライラしてつい刺々《とげとげ》しい言葉が飛び出た。

「詩音だってそうでしょ。皆から嫌われてるから誰にも話しかけられないじゃん」

「詩音は嫌われてない」

「じゃあ見下されてるんだ」

「詩音を見下して何になるの」

「そういう風になってるの。出来る人は出来ない人を見下しても良いんだから」

「誰が決めたの」

「何で私にばっかり聞くの!?　神様が決めたんでしょ！」

「神様はそんな事決めない」

強い言葉ではっきりと否定され、私は思わず言葉を呑《の》み込んだ。

龍音が私の目を逸らすこと無く見つめてくる。雰囲気が変わった気がした。

「神様は人に序列を作らない。人間が勝手に決めて、神様のせいにしている」

「な、何、急に……。知らないよそんなの」

思わぬ龍音の強い口調に私の声は尻すぼみになった。怒られているような気持ちになって、酷《ひど》くバツが悪い。

私が黙っているとしばらく沈黙が満ちた。気まずい空気が流れる。

すると「岬」と龍音が声を掛けてきた。

「詩音を悪く言わないで」

謝ろうと思ったけど、上手《うま》く言葉が出てこない。

言い負かされて謝るのが悔しい自分がいた。

自分が良くなかったのは分かっているのに、素直になれない。

「詩音はね、クラスの順番とか気にしてないと思う」

「何で？」

「私の事、受け入れてくれたから。詩音だけが、私の目を見て話してくれた。周りの人は皆冷たかったけど、詩音は私の話をちゃんと聞こうとしてくれた」

龍音はどこか遠くを見つめてそう言った。

どこか寂しそうなその顔を見て、私はふと思い出す。

「そう言えばママが、詩音はおばあちゃんによく似てるって言ってたな」

「おばあちゃん？」

「ママのママ。詩音のママだよ。私が生まれてくる前に死んじゃったんだ。誰にでも優しかったんだって」

私は目を伏せた。

「ママはよく、私におばあちゃんの話をするの。もう一度会いたいなって」

※

「今でも思うんだ。母さんが居たら私の人生違ったのかなって」

和美姉が言う。

「何でだよ」

「ほら、母さんもかなり若くで結婚したって言ってたでしょ？　私も早くに家庭に入ったけど、周りの友達は遊んだりしててさ。やっぱりそれが羨ましくないかって言われたら、嘘《うそ》になるわよね」

「でも今は専業主婦だろ？　いいじゃねぇか」

「あんた主婦舐《な》めてんでしょ？　専業主婦なんて、岬が学校行ってる時にちょっとテレビ見れるくらいで、大して自由もないんだから。三日で飽きるわよ」

「そんなものかね」

「学校のママ友の付き合いも大変でね。子供の服装とかで張り合ったりしてくるの。互いの家庭の生活水準とか気にしたりね。そういう見栄《みえ》の張り合いから距離置いてるうちにママ友とも微妙に馴染《なじ》めなくなっちゃって。こういう話、母さんが居たら相談出来たのにって思っちゃうわよね」

和美姉も色々苦労してんだな。

忙しいのに、俺や龍音の事にまで気を回してくれているのか。

「詩音だって、母さんが居たら家を出なかったかも知れないじゃない」

「それは……」

あるかもしれない。

おふくろが居なくなってから、親父《おやじ》はそれまで以上に完璧主義であろうとした。

和美姉の婚約を勝手に進めようとしたり、俺の事を失敗作のように扱ったり、家族に自分の理想を押し付けた結果、大きな溝を生むようになった。

その遺恨は、多分おふくろが生きていれば生まれなかったものだ。

「もし母さんが生きてたら、私達どうなってたんだろうね」

不意に和美姉がポソリと呟《つぶや》いた。俺は思わず眉をひそめる。

「何だよ急に」

「ちょっと気になってさ。何かが変わってたのかなって。人生のｉｆを考えちゃうっていうのかしら。そういうの、止められないわよね」

もしおふくろが生きてたら。もし龍音が居なかったら。確かに、そうした『もしも』の事が気にならないと言えば嘘になる。考えても仕方がない事でもあるが。

「まぁ、おふくろが生きてたら『周りの評価なんか気にしないで岬を見てあげたら』って言うんじゃね？」

「あ、確かに。そんな感じの事言いそう」

「さっき言ってた親の見栄の張り合いだってさ、岬はそんな親の影響受けた子供に囲まれてる訳だろ？　距離置いてるって言ってたけど、岬にも変な影響が出ないよう気にしてやった方が良《い》いんじゃね」

「大丈夫だと思うんだけど……」

「案外、そう思ってるのは親だけだったりするぜ」

「嫌な事言わないでよ。うん……でも気をつけるようにする。ありがとね」

和美姉は小さく頷《うなず》くと、ニコリと笑った。

「あんたも親らしくなってきたじゃない」

「親じゃねぇよ」

バケツを寺の水場に返し外へと出るも、岬達の姿はやはり見当たらない。

「やっぱり居ないわね……どこ行ったのかしら。勝手に歩くなって言ったのに」

「スマホは？」

「携帯なら私が預かってるのよね。油断したわ」

その時、空から不穏な音が鳴り響くのがわかった。雷鳴だ。

一応傘は持ってきているが、龍音の分も俺が持ってしまっていた。和美姉も同じようだ。

「ひと雨来そうだな」

「早めに捜しましょ」

和美姉の言葉と同時に、ポツリと雨粒が地面に落ちた。

※

「降ってきちゃった！　龍音急いで！」

滝のように降り出してきた雨から逃げるように私達は走った。

失敗した。ちょっと散歩しようとして随分とお寺から離れてしまっていたのだ。お寺に居ればすぐに戻れたのに。

どこか雨宿りできるところはないかと探していると「岬」と龍音が声を掛けてきた。

「あそこ」

龍音が指さした先に樹々《きぎ》で出来たトンネルと石段が見えた。大きな鳥居が奥にある。どこかの神社に繋《つな》がっているみたいだった。

迷っている暇はない。私たちは神社へと駆けこんだ。

「足元！　滑るから気を付けて！　きゃっ！」

走っている最中、石段の段差に引っかかって思い切りつまずいてしまった。走っていたから膝が地面に擦れ、傷が出来る。

「痛い……」

私が涙目になっていると、龍音がそっと私のことをお姫様抱っこした。予想していなかったからビックリした。

「しっかり掴《つか》まってて」

いとも簡単に私を運びながら、龍音はとんでもない速さで石段を駆け上がる。あまりの速度に思わず私はしがみついた。風が流れる音がして、雨粒が強く打ち付ける。それでも龍音は平然としていた。

あっという間に境内にたどり着いて、びしゃびしゃの服のまま屋根の下に潜り込んだ。お賽銭《さいせん》箱の奥にお社《やしろ》の中へと繋がる木造の階段があり、私たちはそこに座る。

「大丈夫？」

「ありがと……」

思い切りこけてしまった衝撃と、膝や手に出来た擦り傷で体中が痛んだ。

「ううう……血が出てる」

「じっとしてて」

私が膝から流れる血を見て涙目になっていると、ジッと傷を見ていた龍音が不意に私の膝を舐めだした。突然の事に目を見開く。

「ななな、何やってんのあんたぁ!?」

「こうしたら消毒出来るっておじいちゃんが言ってた」

「汚いでしょ！　ペッてしなさい！　ペッて！」

しかし、そこで私は異変に気付く。いつの間にか、膝の痛みが無くなっていた。先ほどまで血が流れていたのに、龍音に舐められた部分はすっかり傷口がふさがっている。

「嘘……」

私は目を丸くした。龍音は何でもなさそうに私を見る。

「これ、あんたがやったの？」

「分からない」

やっぱり、龍音は普通の子とは違うのかも知れない。

降り続ける雨に止《や》む気配はない。お社から流れ落ちる雨を見ていると、少しずつ体が冷えてきた。震えていると、龍音がそっと体を寄せてくる。

「ママ達、大丈夫かな」

せめて連絡でも取れたらと考えて、ハッとした。

「そうだ、携帯電話！　ママに電話したらすぐに来てくれるはず！」

立ち上がってポケットに手を突っ込むも、携帯電話は見当たらなかった。

「何で……!?　どうして!?」

どこかに落としたのかと考え、思い出す。

「そう言えばママに預けちゃったんだ……」

私は力なく座り込んだ。そんな私を、龍音はいつもの無表情で眺めてくる。責めるでもバカにするでもなく、ただ何となく見つめているのが分かる。

さっきまであんな生意気な事を言っていた私がこんな情けない姿を晒《さら》してるのに、龍音は全然見下したりしない。きっと龍音にとっては、私が思っているようなクラスの順位なんて関係ないんだろうな。

「ごめんね。詩音の事悪く言って」

気が付けばこぼれ出るように言葉が出ていた。さっきは出なかった謝罪の言葉が。

「私、自分に自信がないんだ。だってクラスのゆかりちゃんは私よりずっと可愛《かわい》くて、良《い》い子で、男の子にも女の子にも好かれてるから。私は威張ってるけど、きっとみんなからは好かれてないと思う」

龍音は黙って私の話を聞いてくれる。

「いつかね、ママが授業参観に来てくれた事があったんだ。でも全然楽しそうじゃなかった。ずっとソワソワして、居心地が悪そうだった。皆が私の事を嫌いでも、ママが私の事を見てくれたらそれで良かったのに」

私がクラスの順位をやたらと気にしてしまうのは、少しでも自分の居場所を守りたかったからなんだと思う。私は誰かに必要とされたかったんだ。

「岬は、和美が嫌い？」

私は首を振った。

「大好き。でも、ママはそうじゃないかもって」

「和美も岬が好きだと思う」

その言葉に思わずムッとした。

「あんたに何が分かんのよ」

「何となく」

「適当な事言わないでよ……」

でも、何だかその言葉がとても嬉《うれ》しかった。

私はチラリと龍音を盗み見る。前髪から水を滴らせた龍音は、どこか遠くを見つめていた。凛《りん》とした表情で、目鼻立ちもくっきりしていて、年下なのに格好《よ》く見える。

その時、龍音がピクリと表情を動かした。何だろうと思っていると、どこか遠くから声が聞こえた。

「岬！　どこにいるの!?」

雨音に混ざって聞き取りづらかったけれど、それは確かにママの声だった。

「ママだ……！　ママ、こっち！」

私が叫ぶも、強い雨音に声がかき消されてしまう。

そうしている間にもママの声はどんどん遠くなっていった。

「どうしよう、このままじゃ行っちゃう……。そうだ！」

私はふと思い立つと、神社に向かって祈りを捧《ささ》げた。不思議そうに首を傾《かし》げる龍音に
「あんたもお願いして！」と私は叫ぶ。

「神様にお願いしたら、この雨を晴らしてくれるかもしれないでしょ！」

「……分かった」

私が一生懸命祈りを捧げるのを見て、隣で龍音も祈りを捧げる。

「神様、どうかこの雨を止《や》ませてください」

その時、私は異変に気が付いた。

龍音の全身が、仄《ほの》かに光をまとっている。

まるで体から湯気が出るみたいに、白い光の靄《もや》が龍音から生み出されていた。

その姿が私にはまるで、神様みたいに見えた。

※

「岬、どこ行ったの!?」

「龍音! 返事しろ!」

豪雨の中、二人を捜す。しかしどこにも姿は見えなかった。

「どうしよう、川に落ちてたりしないよね?」

「さすがにねえと思うけどよ……」

しかしこの雨だ。何がきっかけで怪我《けが》をしているか分からない。変な奴に連れ去られている可能性だってある。

「私のせいだ……」

不意に和美姉が言った。

「私が、岬の事ちゃんと見てなかったから。どうしよう。もし岬に何かあったら、私
……」

「和美姉……」

すると、不意にどこか遠くから陽の光が差し込んで来た。

雨が止んだのかと思ったが、どうも違う。雨雲の中に、ぽっかりと穴があいていた。人

為的に穴をあけたみたいに、ぽっかりとそこだけ雲が晴れている。

それはあまりに奇妙な自然現象だった。

「なんだありゃ……」

そこで俺はハッと気が付く。もしかして。

「おい、和美姉行くぞ」

「えっ？」

「龍音と岬だよ！　たぶんあそこにいる！」

「どうしてわかるのよ⁉」

「良《い》いから！」

俺たちが走った先には、あの神社があった。いつか龍音と寄った源龍《げんりゅう》神社だ。

かなりきつい雨が降っていたのに、敷地《しきち》に入った途端ピタリと雨が止んだ。ちょうどここだけが綺麗《きれい》に晴れている。

「岬、居るの？」

和美姉が叫びながら中に入ると「ママ！」と遠くから声がした。

岬が神社から走って来ていた。後ろには龍音の姿もある。

「岬！　もう、勝手にどっか行ったらダメじゃない」

「ごめんなさい」

和美姉と岬が抱き合う。

「岬、お前のママめちゃくちゃ焦ってて大変だったんだからな。あんま困らせんなよ」

俺の言葉を岬は呆然《ぼうぜん》とした顔で聞く。

「本当に？　ママ、私の事嫌いじゃない？」

「何言ってるの、そんな訳ないでしょ」

ギュッと和美姉は強く岬を抱きしめる。

「ママもごめんね。これからはちゃんと岬の事見てるから」

「うん……」

二人の姿を見て、俺も内心胸を撫《な》でおろした。やれやれ、これで一件落着か。

いつの間にか俺のすぐそばに龍音が立っていた。

「詩音」

「龍音、怪我無いか」

「うん」

「この天気、お前がやったのか？」

「岬と一緒に神様にお願いしただけ。晴れてほしいって思ったら晴れた」

「何だそりゃ……」

とはいえ、嘘《うそ》をついているようには見えない。本当に神様が晴らしたのか、あるいは無自覚の内に龍音が晴らしたのか。全くの偶然の可能性もある。

不思議に思っていると「ホントだよ」と岬が言葉を継いだ。

「龍音が祈った途端、龍音が光って空が晴れたの」

「何それ、超常現象？」

和美姉が首を傾げる。チラリと龍音を見ると、何故《なぜ》か得意気な表情をしているように見えて思わず苦笑した。また何かやったらしい。

「まぁ、とりあえず無事だったならそれで良いか」

「あれ、駿河くん？」

背後から声を掛けられ、見ると巫女《みこ》姿の斎藤《さいとう》が立っていた。

「斎藤じゃねぇか。そういやお前、ここの娘だっけ」

「うん。結構雨降ってたから様子を見に来たんだけど。龍音ちゃん達、随分びしょ濡《ぬ》れだね。大丈夫？」

その言葉に誘発されるように龍音がくしゃみをした。それを見て和美姉が「あー……」と声を出した。

「このままだと冷えちゃうわね。おじいちゃんの家タオルあったかしら」

「無くはないだろうけど、着替えが微妙かもな」

俺達が話していると「あの」と斎藤がおずおずと声を出す。

「もし良かったらうちに寄って行きません？」

神社の奥の方にある社務所へと案内された。自宅を兼ねているらしい古びた施設はこの神社の歴史を想起させる。

乾燥機で龍音と岬の服を乾かす事にし、その間代わりに着る物を貸してもらった。服を着た龍音は「ぶかぶか」と袖に埋もれた手を見せてくる。その様子を見て斎藤が苦笑した。

「ごめんね。うちの作務衣《さむえ》、子供には大きいよね」

「いや、助かるよ。ありがとな」

「それでえっと……そちらの方って」

斎藤は和美姉をチラリと見る。

「俺の姉貴だよ。和美っていうんだ」

「す、駿河君のお姉さん？　私てっきり」

「詩音の彼女だと思った？」

「お綺麗だったので、つい」

「あら、嬉しい」

何故か和美姉はいたずらっぽい表情を浮かべた。

こういう時は大体ろくな事を考えていない。

「斎藤、嫌な勘違いすんなよ」

「ごめんなさい。でも駿河君の家の人って、もっと派手な感じの方だと思ってたから」

「うちでグレてるのはこの子くらいよ。こう見えても結構ちゃんとした家だからね」

「へぇ、そうなんですね……」

そこで和美姉は何かを思い出したように「うん？」と斎藤の顔を覗《のぞ》き込んだ。急に迫られた斎藤はビクリと体を震わせる。

「あなた、どこかで見た事あるような……」

「えっ？」

「んな訳ねーだろ。今日会ったばっかなのに」

和美姉に釣られて俺も斎藤の顔をジッと見つめる。確かに、言わんとする事は分からないでもなかった。俺が初めて斎藤と会った時もどこか既視感があったからだ。

その時、病院で知り合ったあの少女の事を思い出した。斎藤に、少女の面影が重なる。

「あああ！　思い出した！」

俺が立ち上がると斎藤は「ひっ」と小さく悲鳴を上げた。

「昔、俺と会った事あるだろ！　ほら、病院で！　どうりで見た事あると思ったんだ！

何だよ、知ってたんだったら言えよ」

俺が言うと、斎藤は少し困惑した様子を見せた後「うん」と笑みを浮かべた。

「ごめんね。駿河君忘れてたみたいだし、話そうとした時もほら、色々あったから……」

以前学校帰りに絡まれた時、確かに昔会った事があると話していたが、まさか小学生の頃だとは思いもしなかった。

それだけじゃない。初めてこの神社に来た時も誰かと遊んだ記憶があった。

あの相手はきっと、斎藤だったんだ。

「急に病院に来なくなったよな。お前のばあちゃん……どうなったんだ」

「亡くなっちゃったの。それで病院に行く機会も無くなっちゃって」

「そっか……」

斎藤は随分と祖母の事を慕っていたみたいだったから、亡くなって随分落ち込んだのだろう。薄々分かってはいたものの、改めて聞くといたたまれない気持ちになる。

しんみりとした空気が流れ、妙に居心地が悪くて俺は頭を掻《か》いた。

「そういやこの神社、源龍神社だっけ。祀《まつ》ってる神様もやっぱ龍神なのか？」

「うん。裁きと試練の神様って言われてるよ。とっても厳しい龍神様なんだって」

「裁き……」

「夢を通じて人に言葉を届けたり、天気を操ったり、人の怪我を直したり、色々逸話があるみたい。古いし小さい神社だけど、こう見えて年末年始はたくさん参拝する人が来るんだよ。夏にはお祭りもあるし」

「夏祭り覚えてるわ。回った事あるかも。駅前にたくさん屋台が出るやつよね？」

「それです。うちの神社の主催なんですよ」

夏祭りには小学生の頃に来た記憶がある。じいさんに連れられて和美姉と一緒に回った。駅前からまっすぐ延びる道にたくさん出店が並んで辺り一帯がにぎわうのだ。その時は神社の祭りなんて知らなかったから、適当に出店を回っただけで終わったけど。

「色々と歴史が深い神社なんだな」

「お祭りにも起源があってね。源龍神の子を楽しませるために開かれたものなんだって」

「神様の子供を？」

俺が身を乗り出すと、驚いたように斎藤は目を丸くした。

「う、うん。大きなお祭りで龍神様とその子供達をおもてなしするの。龍の子が善き龍に育てば福がもたらされるし、悪い龍に育てば災いがもたらされる。それが人に課された神様の試練なんだって。その言い伝えだけが残って、今も八月にお祭りをしてるみたい。一応この辺だと有名な話だよ」

俺は黙ってその話について考えた。じいさんが日記に書いていた神様とやらがこの源龍神だとするならば、色々と話が噛《か》み合《あ》うような気がする。

俺が真剣に考えていると、斎藤が不安そうに和美姉を見つめた。

「あの、私、何かまずい事言っちゃいました？」

「さぁ、大丈夫じゃない？　うちの弟たまに訳わかんないところあるのよね」

「聞こえてんぞ」

若い時のじいさんがこの神社にお千度参りに通っていたとしたら、じいさんは龍神に目をつけられた事になる。すっかり行わなくなった風習を行う若者が来た。だから龍神は願いを叶《かな》える代わりに、かつて行った試練をじいさんに課したのではないか。

俺が考えていると、奥からピーッと電子音が鳴り響いた。

「あ、乾燥終わったみたい。服持ってきますね」

龍音と岬の服を乾かして神社を出るころには、すっかり夕方になっていた。

暗雲が立ちこめていた空はすっかり晴れ上がり、夕焼けが空を赤く染めている。

社務所を出る俺達を、斎藤は見送ってくれた。

「茜《あかね》ちゃん、本当にありがとうね。助かっちゃった」

「い、いえ。こちらこそ大したお構いも出来ずに」

「お前が昔知り合ったあの子だって知れてよかったよ」

「そうだね……私も、思い出してもらえてよかった」

斎藤はそう言って笑った。不意に彼女が見せるはにかむような笑顔に、少しドキッとする。その笑顔は正直ズルい。

照れているのがバレたくなくて「じゃあな」と言ってその場を去った。

さっさと歩く俺のところにニヤニヤしながら和美姉が近づいてくる。

「可愛《かわい》い子じゃない。あんた、まんざらでもないでしょ」

「うるせぇな。そういうのじゃねぇよ」

和美姉はすぐ恋バナに話を持っていきたがる。昔からそういう性分なんだよな。

疎ましく思っていると、龍音がそっと俺の横に立った。

「龍音、この神社について何か知ってたか？」

龍音はフルフルと首を横に振る。

もし龍音の親が本当にこの神社に祀られる源龍神ならば、龍音の親はやはりこの世の人ではない事になる。

そうなると、俺が龍音を親に会わせる事は限りなく難しいかもしれない。

「龍音」

「何？」

「お前、自分の親に会いたいと思うか？」

俺が尋ねると、龍音は目を伏せた。

「分からない。けど、どんな人か知りたい」

「そっか」

どんな人か知って、どうするつもりなのだろう。

龍音自身も、それは分からないでいるようだった。

※

「じゃあ和美姉。俺達ここだから」

「はーい、お疲れ様。ご飯は次の機会って事で。それより、風邪引く前にさっさとお風呂入りなさいよ」

「そっちもな」

「詩音、お腹《なか》減った」

「お前そればっか。家帰ったら先風呂入れ。飯はそっから考える」

去ろうとする詩音達を見て、私はハッと思い出した。

「ねぇ、詩音」

私が呼びかけると詩音は足を止める。

「何だ岬。どうした？」

「ちょっとだけ耳貸して」

「改まって何だよ……」

詩音がしゃがんで私に耳を傾ける。私はそっと耳打ちした。

「今日、私がこけた時、龍音が怪我《けが》した場所を舐《な》めてくれたんだけど……。龍音が舐めた場所、すぐ治っちゃったの」

「はっ？　マジかよ？」

私は頷《うなず》く。

「龍音って、本当に普通の女の子なの？」

「それは……」

詩音は困ったように黙り込む。明らかに何か知っているように見えた。

「正直俺には龍音の事は分からねぇ。でも、お前と大して変わらねえよ。だから龍音には普通の生活をさせてやりたいと思ってるんだ」

「普通って？」

「普通だよ。朝起きて、飯食って、学校行って、友達と遊んで、帰って勉強して、飯食って風呂入って寝る。そんな生活だ」

「つまらないね」

「つまらなくて良《い》いんだよ。別に特別である必要なんてないしな。それより、ありがとな。話してくれて」

そう言って微笑《ほほえ》む詩音は、とても優しい目をしていた。

「詩音は周りからどう見られているかとか、気にしないの？」

「何の話だよ」

「良いから」

「変な事聞くなよ……。そりゃ気にならないって言ったら嘘《うそ》になるけど、それで自分のこと曲げるくらいなら無視で良いんじゃね」

詩音が私の頭を撫《な》でて去っていく。帰っていく二人の後ろ姿を私とママで見送った。

「何か疲れちゃったね。私達も帰ろっか。何食べたい？　美味《おい》しいの作ったげるよ」

「ねぇ、ママ。詩音ってちょっと格好いいね」

「えっ？　そう？」

「うん。大人のお兄さんぽい」

私が見送っていると、そっと龍音がこちらに手を振ってきた。

あんなに大人っぽく見えた龍音が、詩音の前では普通の子供なんだ。

「詩音は龍音のパパじゃないんだよね？」

「違うわよ。でも本当の親子みたいよね。いや、どちらかと言うと兄妹《きょうだい》かな」

「いいな。私もあんなお兄ちゃん欲しい」

「えぇ……？」

第六話　居場所

親族会を行うと連絡が入った。

『おじいちゃんの家で。今度の日曜だって』

「わかった」

和美姉《かずみねえ》からの電話を切る。

いよいよだ。龍音《りと》がこれからどうなるか決まる。

施設に入れられるのか、あるいは。

「お前、どうなるんだろうな」

俺が言うと龍音が首を傾《かし》げた。

立場的に、親族会で龍音を庇《かば》えるのは俺しかいない。

だが俺は迷っていた。龍音をこのまま俺の手元に置いて良いのかと。

じいさんの日記には、龍音は正しく育てねばならないとあった。

聖龍とするか、邪龍となるか。それ如何《いかん》で人の命運が左右される。もちろんそれがじいさんの妄想だった可能性も大いにあるが、少なくとも俺は信じている。

龍音が今まで俺に見せてきた異質な力は、人間が持つものではなかったからだ。

すると不意に家のインターホンが鳴った。誰だろう。

「詩音《しおん》、居る？」

玄関から声がする。ドア越しに聞こえてきた声の主は、シンジ兄《にい》だった。

ドアを開くと「やあ」とシンジ兄が笑みを浮かべる。

「どうしたんだよ、急に」

「親族会がもうすぐって聞いたから。僕は遠縁で参加権なんか無いし、近くに用事があったから一応声掛けとこうかなって」

「耳が早いな」

「和美がすぐ回してくるんだよ」

シンジ兄は勝手に部屋にあがって部屋をキョロキョロと眺める。来客が嬉《うれ》しいのか、龍音が嬉しそうにシンジ兄にまとわりついていた。

「案外綺麗《きれい》にしてるんだね」

「まぁな」

とはいえ、正直ここまで掃除するようになったのは龍音が来てからだ。こいつはあんまり表情を変えないが、それでも汚い環境（俺はあんまり汚いと思ってなかったけど）に置いておくことは憚《はばか》られた。

「詩音、ちゃんと親族会の準備はしてる？」

　シンジ兄は真剣な表情で俺を見つめてくる。

「準備って言っても何すりゃ良いんだか」

「どうなりたいのか、自分の中で答えをちゃんと決めておいたら。今は成り行きで龍音ちゃんと暮らしてるけど、ずっとこのままって訳にもいかないでしょ。詩音はまだ高校生で、龍音ちゃんは五歳だ。ボーっとしてると、大人たちに勝手に決められちゃうよ」

「そう言われてもな」

「総司朗《そうしろう》さんに託されたからじゃなくて、龍音ちゃんとどうなりたいのか、ちゃんと詩音が選んで答えを出さなきゃ」

「答えか……」

　俺は、どうなりたいのだろう。

　龍音が本物の龍の子だとして、正直、その重圧は俺には重すぎる気もしている。それに、こんな限界ギリギリの生活状況のまま龍音と暮らし続けるのもかなり無理のある話だ。

　そもそも俺が望んだとしても、このまま龍音と暮らしていけるかはわからない。親父《おやじ》が認めるか分からないし、経済的に考えても俺が高校を中退して働くか、親父に頭を下げて援助を受けるかしないと暮らしていく事は難しいだろう。援助を受ける代わりに親父が強制する生き方を受け入れさせられる可能性だってある。もしそうなったとしたら、受け入れる覚悟が俺にあるのだろうか。

「僕は親と上手《うま》くいかなかったからね。詩音と龍音ちゃんにはそうなって欲しくない」

シンジ兄はさみしげな笑みを浮かべた。

「俺だって上手くいってねぇよ。俺と親父の関係知ってるだろ」

「でも、まだどうにかなるって僕は思ってるよ」

意外な言葉をシンジ兄は告げる。

「分かるんだ。君たち親子の関係は決定的じゃない。和解する余地がある。徹平《てっぺい》さんの中にはまだ迷いがあるんだ。じゃないと、とっくに親子の縁を切って家にも近寄れない状態のはずだよ。少なくとも僕はもうその状態になってるからね」

「シンジ兄……」

「勘違いしないで欲しいけど、僕は自分でその選択をしたんだ。後悔はしてない。母さんは僕の事を『気持ち悪い』と言った。当時僕が付き合っていた相手が男の人だっただけでね。別に、誰にも迷惑を掛けてないし、慎《つつ》ましい生活をしていた。でも母さんはどんどん僕を縛るようになった。だから僕は、自由を得るために自分で家を出たんだ」

「俺だってそうだ。親父が俺を縛り付けて、支配しようとしたから家を出た。このまま親父と縁が切れちまっても良いと思ってる」

「僕にはそう見えないけどね」

ピシャリとシンジ兄は言った。

「詩音にはまだ、心残りがあるんじゃない？　徹平さんをちゃんと家族だと思ってる」

「何でそう思うんだよ」

「完全にグレてないからだよ。学校に通って真面目にもして、成績も良いみたいじゃん」

「それは俺がさっさと親父の支配から出るためだ」

「独り立ちするために頑張ってるのは分かる。でも、本当に何もかもどうにでも良くなってるなら、もっと違う道を進んでいると思うんだ。詩音はまだ、ちゃんと地に足をつけようとしてる。だから徹平さんも、詩音の仕送りを続けているんだと思う。そこに、和解の余地がある気がするんだ」

「俺は親父と和解なんてしたくねぇよ」

「詩音、今までちゃんと徹平さんと話し合ってないんじゃないの。ちゃんと時間を取って、お互いの意見をぶつけたりした？」

「話し合う訳ないだろ。話したくもねぇから家を出たんだよ」

「少なくとも僕は母さんと話したよ。そしてお互いに知ったんだ。この人とはもう分かち合う事は出来ないって。家族としてではなく、一人の人間として別々に生きていく事が最適な解答だってわかった。詩音はまだ、そこまで至ってないでしょ？」

「それは……」

「詩音はまだ経済力もないし、法的な責任能力もない。龍音ちゃんと一緒に居たいなら、保護者である徹平さんとの対話は避けて通れないよ」

俺は黙った。すると、不意に服の袖を引っ張られる。龍音だった。

「詩音は、私と居るの嫌？」

俺が見つめると、龍音は首を傾げていた。

そのまっすぐな瞳は、今は少し気まずい。

「わかんねぇよ、そんなこと」

※

龍音とどうなりたいか、か。急に言われてもな。

何年も一緒に過ごした奴ならともかく、俺が龍音を放っておかなかったのは過去の自分と重なったからに他ならない。

家にも学校にも居場所がなかった俺と違って、龍音にはちゃんと安心して居られる場所を見つけてやりたいと思っただけだ。

もし龍音にとって良い環境なら、暮らすのは親元でも、施設でも、どちらでも良いと思っている。支えてくれる人だって沢山いるだろうし、こんな宙ぶらりんな状態よりはずっとマシなはずだ。

わざわざ俺と一緒にいる理由はないよな。

じいさんの手帳に書かれていた話では、龍音を手放すと俺達一族は末代まで祟《たた》られるらしい。そんなもの信じちゃいないが、いずれにせよ色んな要素が俺を迷わせていた。

「詩音、難しい事考えてる」

買い物からの帰り道で龍音にそう言われた。

「何でそう思うんだよ」

「何となく」

「そうかよ」

まただ。こいつはいつもこっちの心を見透かしたかのような事を言いやがる。

「そういやお前、親がどんな人か知りたいって言ってたよな。もし親が見つかって戻る事になったらどうする？」

「詩音と一緒に居られないの？」

「その場合はそうなるな。時々なら会えるかもしれねぇけど」

龍音はしばらく黙った後、「でも」と言葉を紡いだ。

「親が居たとしても、私の事は拒絶すると思う」

「拒絶ってお前……」

五歳の言葉ではない。ただ、多分意味はわかって言っている。

龍音は五歳の子供の癖に、五歳らしくない。小学校高学年……いや、時々大人みたいな気配を纏《まと》う瞬間がある。そしてその気配を感じる時、俺は彼女の孤独に触れた気がしてしまうんだ。

彼女の奥底には、どうしようもない孤独が宿っている。

そしてその姿が、過去の自分を見ているようで辛《つら》くなる。

「まぁ、細かい事を考えるのはよそうぜ。親がどう思うとかじゃなくて、シンプルに龍音はどうなりたいんだ？」

「どう？」

「どこで生活したいとか。単純な願望だな」

「私は――」

そこで初めて、それまで無機質だった彼女の表情に迷いが生まれた。

龍音はしばらく目を泳がせると、やがてぽそりと口を開く。

「詩音と一緒にいたい」

「何で俺なんだよ。飯もマズいし、あっちこっち預けられるし、ろくでもないだろ」

「それでも、詩音が良《い》い」

「どうして」

「詩音は私の事、怖がらないから。私の事、ちゃんと見ようとしてくれる」

心臓の鼓動が速く脈打った。

誰も俺の事を見ない。

かつて俺が他人に抱いていたのと同じ感情を、龍音もまた抱えていた。

「私は多分、詩音達と同じじゃない。少し変だと思う」

「変って何が」

「おじいちゃんと暮らしていた時もそうだった。私とおじいちゃんは、生きている長さが違った」

「そんなの当たり前だろ」

「そうじゃない」

龍音は首を振る。

「時間の感じ方や、捉え方が根本的に違った。おじいちゃんにとって一日はとても長いものだったけれど、私にとって一日はすごく早いものだった。それは多分、私とおじいちゃんが生き物としてって違うからなんだと思う」

「生き物としてって……種族がって事か？」

「うん」

龍音はそっと目を伏せる。

「おじいちゃんは私を大切にしてくれた。怖がらずに見つめてくれた。だけどおじいちゃんが眠っちゃって、誰も私を見てくれなくなった。他の人たちは、気持ち悪そうな目で遠くから見るだけだった」

「お前……気づいてたのか」

多分龍音は知っていた。自分がどのように扱われているのかも、自分の立場も、そして自分が普通の人間とは違う存在だという事も。全部知って、知った上で我慢していたんだ。

「だけど詩音は、私の事ちゃんと見てくれた。私が普通じゃなくても、一生懸命向き合ってくれた」

真剣な表情で彼女は言う。

「和美も岬もシンジも茜《あかね》も好き。だけど詩音が一番好き」

「龍音……」

龍音は俺から目を逸《そ》らさない。

「だから私は、詩音と一緒に居たい」

※

そして親族会の日が来た。

ここに居る十数人近い大人達は、全員が父方の親族で、多くが親父《おやじ》の会社の役員だったり、社員だったりする。一族経営ではないのだろうが、深く関わっている事だけは確かだ。

じいさんの家の大広間に集まる。畳が敷かれたその部屋には、真四角の形で机が並べられていた。

周囲の親族の視線がチラチラと突き刺さる。嫌な視線だと感じていると、龍音が俺の服の裾をギュッと握った。俺はそっと、その肩を引き寄せる。

「詩音くん」

声を掛けてくれたのは和美姉の旦那の秀《しゅう》さんだった。メガネを掛けた優しそうな人で、見た目通り穏やかな性格をしている。普段は偉そうな和美姉も、秀さんの言う事にだけは逆らわない。

「秀さん、久しぶりです」

「葬儀以来だね。と言っても、あの時は話せなかったけど」

「和美姉は？」

「家で岬《みさき》の面倒を見てくれているよ。……それより今日、大変な事になったね」

秀さんは龍音にチラリと視線を向ける。

「その子が例の子だね？」

「龍音、挨拶しろ」

「こんにちは」

「こんにちは。とても聡明《そうめい》そうな子だね」

「実際こいつ、賢いっすよ」

「そうか。随分仲も良さそうだ」

「一ヶ月ですけど、一応一緒に暮らしたんで」

秀さんはしばらく考え込むように黙った後、やがて俺に顔を向けた。

「詩音君。もしかしたら、今日は二人にとって辛い話し合いになるかも知れない」

「辛い話し合いって……」

「今日のこの話し合いに、君達の味方をしてくれる人は居ない。僕も味方をしてあげたいけれど、立場上強い事は言えないんだ」

「それは分かってます」

「だから今日の話し合いでは、詩音君の意志がとても重要なんだと思う。もし君がこれからも龍音ちゃんと一緒に居たいなら、自分の気持ちは伝えた方が良いんじゃないかな」

気持ちか。シンジ兄も似たような事を言ってたな。龍音とどうなりたいのか、ちゃんと答えを出せと。あれから俺もずっと考え続けてきたけれど、結局どうすればよいかなんて答えは出なかった。

何が良いのか、何が間違っているのか、分からずにいるんだ。

するとその時、親父が号令を掛け、親族の奴らが席につき始めた。

「そろそろ始まるみたいだね。行こう」

秀さんに促され、俺達も指定された席へとついた。俺と龍音は、ちょうど親父の対面だった。親父の隣には、弁護士らしき人物も居る。

久々に見た親父は、どこかやつれて見えた。いつもは精悍《せいかん》で鬼のような目をしているから、少し意外に思う。疲れているのかも知れない。

考えてみれば、じいさんもおふくろも居なくなって、俺も和美姉も家を出て、あいつも今は独りなのか。

「では、駿河《するが》家親族会を始める」

親父の声が室内に響き、緊張が走った。

「まずは、DNA鑑定に関してだが……」

親父は手元の書類に視線を落とした。

「DNA鑑定の結果、その子供は詩音の子ではないと判明した」

分かっては居たが、親父の言葉を聞いてホッと胸をなでおろす自分がいる。

「私や京子《きょうこ》のDNAも併せて鑑定したが、やはり血縁がある可能性は低いとの事だ」

京子とは親父の妹の芳村《よしむら》の叔母さんの名前だ。

つまり、どうなる。

「やはり龍音は駿河家とは赤の他人という事になる。血縁上はな」

ざわ……と親族の皆がどよめく。俺と龍音だけが、動じずにその話に耳を傾けていた。

親父は続ける。

「あれから調査を進めたが、龍音の実親である勅使河原《てしがわら》夫妻の足取りを摑《つか》む事は出来なかった。少なくとも言えるのは、父の総司朗は何らかの事情で勅使河原夫妻から龍音を養子に取った。幼い子供を一人残す事が気がかりで遺産の半分を分配しようとしたのだろう。ただ、そうはいかない。私達からすればその子は赤の他人なのだから」

他人、という言葉を聞いて龍音がピクリと反応するのがわかった。

相手は五歳の子供だぞ。もうちょっと気を遣ってやれよ。

しかし誰も龍音を気にしている様子はない。多額どころではないお金が絡む事もあり、親族会の空気はかなりピリついている。

特に親父の妹に当たる芳村の叔母夫妻は相続額が大きく変わるので、必死の形相だ。

親父の言い方だと、やはりこの遺産相続を反故《ほご》にしようという話が出ているのだろう。

仮に遺産相続が遺言書通りなら、龍音に一億と、親父と芳村の叔母さんに五千万ずつ。

もし法律通りの分配になれば、単純に二億の遺産を三人で割る計算になるだろう。一千万以上受け取れる額が変わる訳だ。

そもそも龍音がじいさんの養子でなければ親父と芳村の叔母さんで一億ずつ分配出来た

はずだ。親父と芳村の叔母さんからしたら、龍音はとんだ泥棒猫だろうな。

批判的な視線を、龍音はずっと浴びせられている。

「龍音は施設に入れる。この家は家財を処分し売りに出す。遺産は法に則《のっと》って分配する。それが決定事項だ」

「勝手に決めんなよ。それにこの家だって売る事ねぇだろ」

俺が口を挟むと親父は俺を睨《にら》みつけた。

「どうせ誰も住まない家だ。置いておく方が無意味だろう」

「嫌だ……」

その時、龍音が声を出した。

「おじいちゃんの家を……私の家を奪わないで！」

「おい龍音――」

覗《のぞ》き込んでギョッとした。

何故《なぜ》なら龍音の瞳が真っ赤に燃えるような色に輝いていたからだ。

龍音がギュッと拳を握り、尖《とが》った歯を食いしばる。

すると、不意にガタガタと家中の家具が揺れだした。

「何、地震!?」

かなり大きな揺れに家中がぐらつき、皆が動揺しその場に伏せた。

だが俺は気づいていた。これは龍音がやっているのだと。

「龍音！」

俺が呼んでも龍音は止めない。

龍音は怒っている。それも、とんでもなく怒っているんだ。

遺産相続や、土地の所有権なんて関係ない。龍音からしたら、大切な場所が突然踏み荒らされて、あまつさえ奪われようとしているのと一緒なんだ。

その時、俺は初めて龍音の琴線に触れた気がした。

そして同時に、自分に何が足りていなかったのかもわかった。

自分がどうなりたいのか。俺は龍音とどうなっていきたいのか。

俺に足りなかったのは、答えじゃない。

自分の意志だ。

「俺がこの家に住む」

俺が言うと、パタリと揺れが止《や》んだ。しばらく沈黙が走る。

「……止まった？」

親族の皆が不思議そうな表情を浮かべている中、龍音は俺の言葉に驚いて目を丸くしていた。

俺は胡坐《あぐら》をかいたまま、親父の顔を真正面から捉え、ざわめく親族を無視してもう一度同じ言葉を口にする。

「俺がこの家に住む。それなら家を処分することはねぇだろ」

「何だ、何を言っている貴様？」

親父が困惑した表情を俺に向けた。

俺はいつからか、心のどこかで与えられた結果を受け入れようとしてしまっていた。

でもそうじゃないだろ。何のためにじいさんは俺に龍音を託したんだよ。

このまま何もせずに龍音がどこかへ連れていかれるのを見過ごすだけなら、親父や周りの大人達と何も変わらないじゃないか。俺は何の為《ため》に龍音を預かったんだよ。

かつての自分の面影を龍音に見て、独りにしたくないって思ったからだろ。

思えばここ最近はずっとこうだった。やらなきゃならないとか、約束したからとか、役目とか、託されたからとか、俺は誰かの顔色を無意識にうかがってしまってたんだ。

俺自身は龍音とどうなりたいんだよ。

色んな人に言われてきたその質問の意味を、初めて理解出来た気がした。

俺は龍音の手に、そっと自分の手を重ねる。

固く握られた龍音の手は、小さく震えていた。

そりゃそうだよな。たった五歳で、どこの誰が本当の家族なのかも分からず、家族じゃない、赤の他人だなどと散々酷《ひど》い言葉をかけられてきたんだから。

龍音は物分かりが良くて、大人みたいに達観して見えたから、すっかり忘れていた。こいつはどこにでも居る、少し特別な力を持った、ただの子供なんだ。

だから俺は動こうと思う。

他の誰でもない。

俺がそうしたいと思ったから。

「確かに龍音と俺達に血縁関係はないかもしれねぇ。でも龍音がじいさんの養子である事には変わらない。俺は、龍音を施設に預けるつもりはない。誰も育てる奴が居ないなら、俺が龍音と暮らす」

「勝手な事を言うんじゃない」

「勝手なのはそっちだろ。今までこの家を放置してきた奴が急に家主面して人を追い出したり、物を捨てたりしてんだ。誰も彼もがそれで納得すると思うなよ」

俺は顔を上げる。

「じいさんはこいつを——龍音を大切にしてきた。それを無下にして、他人だと言って追い出すのは正しい事なのかよ」

「施設に預ける事がその子の為になると言っているんだ」

「お前らの尺度で物を測んなよ。この中で俺以外に誰か一人でも、龍音にどうしたいか尋ねた奴は居んのかよ。龍音を施設に預けるのも、この家を売るのも、全部お前らの都合じゃねぇか！」

俺が言うと、親父《おやじ》も親族も黙った。

誰もが視線を落とす中、親父だけは俺から目を逸《そ》らさない。

「じゃあお前はどうすると言うんだ」

「言っただろ。俺がこいつの面倒を見る。これからもずっとだ」

「お前はまだ子供だ。偉そうな事を言うな」

「俺は確かに子供だよ。まだ大人が居ないと何も出来ないし、完全な自立も出来てない。でも、この一ヶ月龍音と一緒に暮らして、少しは子供と暮らす大変さはわかったつもりだ」

ずっと迷っていた。龍音を手放すことを。

状況から見て、龍音の調査は親父に任せるのが一番楽に決まっている。

施設に龍音を預ければ、俺はこのまま気楽な高校生活を送れるかもしれない。

それでも迷っていたのは、俺が龍音と離れたくないと思っていたからなんだ。

龍音は俺の話を聞いてくれる。俺の近くに居てくれる。

それが、どれだけ特別な事なのかを、俺は身をもって実感していた。

龍音にとって俺の傍《そば》が居場所になっていたように。

俺にとっても、龍音の傍が居場所になっていたんだ。

「俺は龍音と一緒に居たい。龍音も俺と一緒に居たいって言ってくれてる。それだけで良《い》い。遺産だって好きにしてくれ。でも、こいつをどこかにやらないでくれ」

俺は正座をすると深く深く頭を下げた。

「こいつと俺から……居場所を奪わないでくれ」

だから俺は、俺の中のちっぽけな葛藤や、プライドや、わだかまりを捨てる。

地面に額をつける俺を、親父は見つめた。

「どうしてそこまでする」

「こいつを独りにしたくない。それに俺にも、こいつが必要だ」

「独りか……」

親父はしばらく黙った後、「顔を上げろ」と言った。

次に見た親父の瞳は、どこか悲しげなものに見えた。

「強い目だ。似てるな……お前の祖父にも、母親にも。どちらも強情だった。おかげで苦労したものだ」

親父は龍音を見つめる。

「この家で詩音が暮らすというなら、お前もまたこの家に住む事になる。それでいいのか？」

龍音は静かに頷《うなず》いた。それを見て、親父は俺に話しかける。

「詩音、お前が適当なことをしていたらすぐにその娘とは離す。この家も取り壊すから覚悟しておけ」

「そんな事させるかよ」

「ならいい」

親父はそっと頷いた。

「しばらくは、この家をお前達に預ける」

ざわっと親族たちがどよめく。

「徹平兄さん、本気で言ってるの？　詩音くんはまだ子供なのよ!?」

「責任は私が持つ。こんな関係だが、曲がりなりにも父親だからな。それに――」

親父はふっと笑った。

「過ちなど犯さないさ。その子は私と雫《しずく》の子だからな」

※

その後の親族会はスムーズに話が進んだ。

芳村の叔母さんは不服そうだったものの、最終的には親父の説得に応じてくれた。

弁護士立会いの下、じいさんの残した遺言書通りに話が進み、龍音はじいさんの養子として遺産を相続する事になった。

遺産は一度親父が預かり受けた後、最終的にじいさんの意向通りに行き渡るよう手はずを整えるという。

どこまで信用して良いのかは分からないが、俺は信用したいと思う。

あの時の親父の言葉は、本気に見えたからだ。

そして、これでようやく、俺の長い戦いが終わったような気がした。

「詩音くん」

親族会が終わり、張り詰めていた緊張がそっと解ける。

緩んだ空気に俺がホッとしていると、秀さんが話しかけてきた。

「良かったね、無事に何とかなりそうで」

「まぁ、まだ分かんないけどな」

でもこれで、当面は安心して暮らす事が出来そうだ。

「電話で和美に報告したら泣いて喜んでたよ。かなり心配してくれてたみたいだ」

「あとで俺からも電話しとかないとな」

「そうしてあげてくれると嬉《うれ》しいよ」

俺達が話していると、親父が「詩音」と声を掛けてきた。

空気を読んで秀さんが「それじゃあ、僕はここで」と先に帰る。

すでに他の親族も家を出ており、じいさんの家に俺達と親父だけが残った。

「何だよ親父」

親父はポケットから何かを取り出し、俺に手渡した。

それは鍵だった。じいさんの家の鍵だ。

「お前に預ける。くれぐれも失《な》くすなよ」

「あー……この鍵なんだけどさ。俺、合鍵の場所知ってんだよね」

「何？」

「裏庭の植木鉢の下だよ。そこに隠してたの思い出したんだ」

「ならもっと早く言え」

呆《あき》れたように親父が溜《た》め息《いき》を吐《つ》く。しかしそこにはもう、今までのような非難めいた感情は感じられなかった。

親父は俺の顔を真正面から見つめる。

「お前はやはり、母親似だな。私にはちっとも似ていない」

「何だよ急に」

「私がお前に強く当たったのは、お前を見ていると時々、雫の事を思い出すからだ。お前は私よりも、あれによく似た子だった」

※

桜が美しく咲き誇る春らしい日だった。

見舞いに行くと雫が私に話した事がある。

「あの子達をよろしくね」と。

「何馬鹿な事を言ってる。まだ治療の方法はある。諦めるな」

「ううん。自分の体のことだもの。もう長くないのはわかるの。ねぇ、あなたはとっても不器用な人で、どこか脆《もろ》い人だから。私が居なくなってあなたを支えてくれる人がいなくなる事だけが心配」

「妙な事を言うな」

すると雫は、そっと私の手を取った。

「ねぇ、一つ約束して。ちゃんとあの子達と向き合うって。向き合って、そして分かってあげて」

「仕事漬けの父親だ。今更信頼などするものか」

「大丈夫よ。あの子達はちゃんと人を見る子だから。きっとあなたの事も分かってくれる。ちゃんと向き合って、あの子達と。そして家族として繋《つな》がって。じゃないと、あなたが独りになってしまう」

　雫は笑った。

「あの子達の事、ちゃんと見てあげてね」

※

「しかし私はその約束を果たせなかった。私はずっと怖かったんだ。お前の中に雫の面影を見るのが。私は良い父親にはなれなかった。雫が死に、仕事に逃げ、お前を拒み、そしてお前にも拒まれた」

「……今更懺悔《ざんげ》のつもりかよ」

「そうじゃない。私はお前や和美をずいぶん放ったらかしてきたからな。もう親と言う資格はないのかも知れない。だが詩音、お前はそうなるなよ」

　親父は龍音に目を向ける。

「守ってやれ、その娘を」

「分かってるよ」

　俺は顔を上げると、ポケットから例のものを取り出した。

　今の親父なら、見せても大丈夫かも知れない。

「あのさ、親父《おやじ》。見せたいものがあんだけど」

「何だ？」

俺はそう言うと例のじいさんの手帳を親父に渡した。念のため持ってきていたのだ。

親父は怪訝《けげん》な表情を浮かべ、それを手に取る。

「じいさんが最後に残していた手帳だ。色々事情があって、俺が持ってた」

「親父の……？」

親父はそっと手帳を受け取るとパラパラと眺め始めた。

最初は真剣な表情をしていたが、やがて内容の荒唐無稽さに眉をひそめた。

「ただの老人の妄想に読めるな」

そうは言ったものの、親父の表情はどこか浮かない。

「……最後まで、私の事は何も書かれていないな」

親父は手帳を眺め、どこか悲しそうな表情を浮かべた。

「雫が死んでから、お前の祖父と私の間にも確執はあった。私は仕事に没頭し、お前を始め家族をないがしろにしてきたからな。お前の祖父は家庭を大切にする人だったから、良く思っていなかったのだろう」

親父はそう言うと、龍音に目を向ける。

「龍音の生みの親は引き続き調べさせる。この手帳によれば、それは神様だと言う事だがな。とにかくお前はその娘の――龍音の面倒をきちんと見ろ。私も時折様子を見に来る」

「ああ」

「引っ越しの手続きなどは後々進める。これからは生活費もちゃんと使え。お前が今やるべきはアルバイトに従事する事じゃない。学校の勉強をして、龍音と過ごすことだ」

親父はフッと穏やかな笑みを浮かべると。

「たまには実家に顔を見せろ」と言って家を出て行った。

親父が出ていく姿を見送り、俺と龍音がその場に取り残される。

呆然《ぼうぜん》と立っていると龍音が俺の手を掴《つか》んだ。俺はそっとその頭を撫《な》でる。

「もう大丈夫だ、龍音。お前はどこにも行かなくて良《い》い。今日からこの家が、俺とお前の帰る場所だ」

「じゃあ詩音とずっと一緒に居られるの？」

「ああ」

「詩音は、おじいちゃんみたいにどこか行ったりしない？」

「どこにも行かない。約束だ」

その時だった。

龍音の大きな目に、大粒の涙が浮かび上がったのは。

頼れる人が居なくなって、小さな体で。施設に入れるだの、金がどうだのと、たくさん汚い言葉で傷ついて。

それでも今まで龍音は泣かずにずっと堪《こら》えていた。

どこかに連れて行かれるかもしれないから、龍音は必死で聞き分けの良い子になっていたのだ。

でもようやく全て片付いて、ちゃんと帰れる場所が出来た。

龍音の涙は、俺には安心して溢《あふ》れた涙に見えた。

気がつけば龍音を抱きしめていた。温《ぬく》もりが、俺に伝わってくる。

「お前はうちにいて良いんだ……！　だからもう心配すんな！」

俺の言葉で箍《たが》が外れたように、龍音は声を出して、珠《たま》のような涙をこぼして泣き出した。

その涙は止まる事なく、まるでこれまで龍音が我慢してきた感情を洗い流すように見えた。

改めて心に誓おうと思う。

たとえ龍音が龍の子で、それが世界を壊すようなものだとしても、俺だけはこいつの味方でいようと。龍音がもう誰かを傷つけずに済むように、俺が龍音を守ろうと。

俺の傍《そば》がこいつの居場所で、こいつの傍が俺の居場所だ。

だから絶対に、この温もりを放したりはしない。

第七話　言葉と警告

夏になった。

歩くだけで額から汗がにじみ、緑はその色彩を増し、強い太陽の日差しを木漏れ日に変えてくれる。

どこか遠くから聞こえる蝉《せみ》の声が、新しい季節の到来を俺達に証明した。

時間が経《た》つのが、早く感じる。

俺と龍音《りと》の新しい生活が始まり、前のアパートからじいさんの家に引っ越しをする事になった。荷ほどきには、シンジ兄《にい》や和美姉《かずみねえ》、斎藤《さいとう》も手伝いに来てくれた。

「やっと終わったわね」

「良かったね、龍音ちゃん」

「うん」

作業を終えて全員揃《そろ》って縁側で冷たいウーロン茶を飲む光景を見て、なんだか平和だなと思う。自分の人生で、こんなに穏やかな時を過ごせるとは思っていなかった。

俺がタオルで汗を拭っていると、和美姉が何だか嬉《うれ》しそうにこっちを見ていた。

「何だよ、和美姉」

「黒髪、似合ってんじゃん。随分あっさり染めたなって思って」

「まぁな」

俺は髪の毛を黒く染めた。それは何と言うか、自分の中のけじめのようなものだ。俺が適当な事をして、龍音と離されたりしたくはない。気持ちを引き締めるつもりで髪を黒くした。とはいえ、かなり脱色していたからすぐ落ちてしまうのだろうけれど。完全に黒髪に戻るのにはしばらく掛かりそうだ。

「あんた、学校遠くなったけどちゃんと通えるの？」

「斎藤もここから通ってるみたいだし、電車通学で行けんだろ。実家から通うよりはマシだ」

「片道一時間ってとこかぁ。遅刻しないようにね」

「こう見えてもそれなりにちゃんとしてるよ」

俺たちが話していると「駿河《するが》君」と斎藤が遠慮がちに声を掛けてくる。

「これからはご近所さんだね。何か困った事とかあったら連絡してね」

「俺、お前の連絡先知らねえわ」

「駿河君、クラスのグループとかも入ってないんだっけ」

「入るように見えるか？」

「見えないかも」

何故《なぜ》か斎藤はおかしそうに笑った。何が面白いんだよ。

「えっと、それなら、連絡先交換しない？」

「別に良いけどよ……」

斎藤と連絡先を交換すると、彼女は少し嬉しそうにはにかんだ。

「ありがとう。何か面白いことあったら連絡するね」

「そういう連絡はいらねぇんだよ……」

そんな俺達のやり取りを和美姉がニヤニヤ眺めている。

「何だよ和美姉。ニヤニヤしやがって」

「別にぃ？　青春してるなぁって思って。ねぇシンジ兄さん？」

「僕らにもそういう時代があったね。連絡先の交換に一喜一憂してさ」

「分かるわぁ。男女間の友情は成立しないのかなぁなんて悩んだ時もあったし」

「変な事言うな！」

でもそうか。これが、俺が高校で手にした初めての友達の連絡先か。

「おい駿河、俺にも連絡先寄越せよ」

「って言うか何でお前が居んだよ、近藤《こんどう》」

俺の前に立った近藤は怪訝な顔をした。

「そりゃお前、ダチの引っ越しとなったら手伝うだろうが普通」

「斎藤はともかく、いつから俺とお前がダチになったんだよ」

「細かい事言うなよ。良いからスマホ出せ。連絡先送るから！」

半ばひったくるように近藤は俺からスマホを奪う。強引な奴だな。まぁ良いか。

「詩音《しおん》も随分派手な友達が増えたね」

傍観していたシンジ兄が感想を述べる。

「シンジ兄もその中の一人だけどな」

「僕は友達っていうより親戚だし」

じいさんの家が乗っ取られたとか変な噂《うわき》立たないといいけどな。

すると斎藤がシンジ兄に目を向けた。

「駿河君、こちらの女の人は？」

「俺の従兄弟《いとこ》だよ。あと、そいつ、男だから」

「そいつとは酷《ひど》い言い草だね」

「男の人……⁉　本当に？」

シンジ兄を見た斎藤は目を丸くする。

しかし特に気にすることもなく、シンジ兄は斎藤に向けてヒラヒラと手を振った。

俺はそっと花壇を眺める龍音へ視線を移す。

麦わら帽子を被《かぶ》った龍音は、レンガの上を歩くアリを眺めていた。

俺が見ている事に気づいたのか、龍音と目が合い手を振られる。

その様子はどこか嬉しそうでもあった。

「じゃあ、あとひと踏ん張り頑張るか」

俺は立ち上がった。

※

親父が色々と根回しをしてくれたおかげで、引っ越しの手続きはスムーズに進んだ。

親族会の一件以降、特に目立った事件もない。

平穏無事な毎日を過ごせる大切さを、俺は改めて実感している。

「そういやもうすぐ期末試験か……」

引っ越し作業を終えた日の夜。縁側から蟬《せみ》の声がする庭を眺めて、俺は呟《つぶや》いた。

期末試験が終わったらすぐに夏休みに入る。

来年の今頃は、俺も進路について考えねばならないんだろうな。

親父は当然のように進学を望むだろうが、別に就職しても文句は言われないだろう。ただ、焦って独り立ちをする必要も無くなった気がするので、働くのか、進学か、改めて迷うところではある。俺の学校の成績は別に悪くないし、進学自体は可能だ。学費に関しては奨学金を申し込む事を考えていたが、親父に出資を頼む事も選択肢として視野に入ってきた。とはいえ、親父に頼むのはまだ抵抗あるけど。じいさんの遺産を使うと言う選択もあるが……元々龍音に渡された物だからな。俺が使うのは違う気がする。

色々考えてはいるけれど、龍音の面倒を見る事を踏まえると、勤めに出るよりは学生で居た方が良い気がした。ただ、時間で言うとフリーターもありだ。ファミレスのバイトは辞めてしまったが、進学せずにバイト生活するのも手だろう。

「詩音、これ何？」

今のテーブルに置かれた箱を見て龍音が首を傾《かし》げている。

「そう言えばこんなの来てたな……」

亡くなったじいさんは随分と色んな人からお中元をもらっていたらしい。付き合いのあった大半の人に訃報は行っているはずだが、それでも時折こうして事情を知らない所からお中元が届いたりする。そしてそういう時、連絡すると「皆さんで召し上がってください」などと言われ返すに返せなくなるのだ。

「中身は素麺《そうめん》か……もうこれで三箱目だな」

俺がげんなりして呟くも、龍音は目を輝かせていた。

「……お前、素麺好きなの？」

「うん」

「ようやく最近お前の事分かってきた気がするよ」

龍音は寡黙だが、言葉以上に目が物を言う奴でもある。だからちゃんと表情を読めば、何を考えているのかが察せるようになってきた。

「まぁ、今年は色々なバリエーションで素麺食うか」

不意に頭がふらついて俺は頭を押さえた。思わず机にもたれかかる。

そんな俺を見て、龍音が心配そうにした。

「どうしたの？」

「多分引っ越し作業でちょっと疲れてんだな。ここ数日バタバタしてたし」

実を言うと最近少し寝不足気味だ。

ただそれは疲れが原因ではなかった。変な夢を見て目が覚めてしまうのだ。

「しんどい？」

「大丈夫だよ、心配すんな」

俺は龍音の頭を撫《な》でると笑みを浮かべた。

大丈夫、か。

大丈夫なんだろうか。

※

全然知らない場所に立っている。
ああ、まただ……と思った。
俺は龍音と一緒に自室のベッドで眠っていたはずだ。
つまりこれは夢なのだと、すぐに気付く。
夢を見ていると自覚する夢を明晰夢《めいせきむ》と呼ぶらしい。
だとすると、ここ数日俺は明晰夢を見ている事になる。
縦横無尽に、樹々《きぎ》が伸びた深い森の中だった。
どの樹も太く立派で、まるで神木のようだと俺は思う。
夜らしく、枝葉の間を縫って空から月明かりが差し込んでいた。
その茫漠《ぼうばく》とした明かりだけが、視界を照らしてくれる。
暗い森の中で、草木をかき分けるように俺は歩く。
目的地はなかったが、この森を抜けたかった。
少し歩くと、やがて森を抜けて道に出た。
住宅街を通る路地だ。左右を塀が囲み、塀の向こう側にも樹々が繁殖している。

足元のアスファルトには裂け目がいくつも出来ていて、そこからも緑が侵食していた。
町が森に呑《の》まれた。そんな印象を受ける。
ふと遠方に、小さな光源が見えた気がした。
俺はそちらに向かって歩く。
歩いた先にあったのは、広い駐車場のような場所だった。
そこにテントがいくつも立っている。
いつかニュースで見た、自衛隊が簡易的に作る駐屯地のような印象を受けた。
ミリタリーキャンプという奴だろう。
駐車場にはボロボロの車がちらほらと見受けられる。
遠くに目を向けると、大きな建物が巨大な樹に貫かれていた。
あんな大きな樹は見た事がない。
異様な光景だが、何だか幻想的だと思う。
テント群に足を踏み入れる。
テント内部で輝くライトが薄《う》っすらと影を生み出す。
布越しにテント内部の様子が分かった。
何か液体のようなものがテント内にブチまけられている。
その正体を俺は何となく察していた。

ここ数日、状況や場面は違っても、何度も似た光景を目の当たりにしていたから。
人の痕跡はたくさんあるのに、人が居る気配は一切しない。
歩いているうちに、何かがテントの中から飛び出ているのに気がついた。
腕だった。
ズタズタに引き裂かれた腕が、持ち主から離れてテントから飛び出ている。
テントからは、赤い液体が流れ出ていた。
辺り一帯に大量に鉄っぽい死の臭いが充満している。
しかし交戦の形跡はない。
まるで寝ているところを殺されたかのように、ただただそこで、人が死んでいる。
不思議と焦りや恐怖はなかった。
何度も似た光景を見たというのもあったかもしれないが。
それ以上にこれが夢だと分かっている事が大きかった。
そして、俺は知っていた。
この夢がどうなるのか。どうやったら終わるのかを。
前方に一人の女を見つけた。
遠目でもわかるほど美しい女だった。
服は身につけていない。

足元まで伸びた長い髪の毛をしていて、月明かりに照らされている。
女は空に浮かぶ大きな月を眺めていた。
満月は俺が知るよりもずっと大きく見える。
月の光が、まるでその女に吸い寄せられるように強く輝いていた。
女の頬には赤い血がついていた。
よく見ると、手や足にも赤黒く血が残っている。
ここに居た人達を殺したのは、恐らく彼女だ。
女はふとこちらに目を向けると、ゆっくりと歩いて近づいてくる。
女の目は、赤く輝いていた。
近づくにつれ、顔立ちがよりはっきりと分かるようになった。
どこか見覚えのある顔だと気づく。
何となく……という感じじゃない。
明らかに現実で見覚えがある。
やがて女は俺の目の前へとやって来ると。
ゆっくり愛《いと》しげに、妖艶に、俺の首に手を回した。
その目は、浮かび上がる月と同じ琥珀《こはく》色をしている。
ヘビを思わせる、独特な瞳だ。

不思議と恐怖感はなかった。

むしろ、懐かしさのような感情すら抱いていた。

殺されるかもしれないが、それならそれで良《い》いかもしれない。

そんな風に、どこかでこの状況を受け入れている自分がいる。

その感覚が何なのかいつも分からないまま夢は終わる。

※

ハッとして目が覚めた。呼吸が浅く、汗をかいている。

ふと脇を見ると、俺の腕の中で龍音がスヤスヤと眠っていた。

「またかよ……」

ここ数日、俺は同じような夢を見ていた。

場所や情景は少しずつ違っても、いつも最後は似た結末になる。

大量の死と、妖艶な美女。女に抱きしめられて夢は終わる。

知り合いが出て来ない事だけが幸いだった。

「詩音、どうしたの？」

目を覚ました龍音が俺の服の袖を引っ張る。

「ああ、大丈夫だよ。ごめんな」

せっかく寝たと思ったらこれだ。こりゃ、今日も眠れそうにないな。

夢の中の女性の姿。

あの印象的な赤い瞳は、明確に記憶に刻まれている。

「疲れてんのかな……」

こんな夢を連日見る自分に嫌悪感が湧く。

俺は何となく龍音の額を撫でる。

夢の中の女の顔は、どこか龍音に似ている気がした。

※

「ふぅん？　妙な夢ね」

シンジ兄の家のリビングに俺はいた。あまりにも同じ夢を見るから恥を忍んでシンジ兄に占いの相談を持ち掛けたのだ。

俺の話を聞いたシンジ兄はテーブルに紅茶のカップを置きながら対面に座る。特に小馬鹿にするでもなく真剣な表情で聞いてくれた。

「殺人の夢はストレスの象徴という話があるね。それから殺人鬼と遭遇する夢は精神的に追い込まれていることの暗示だったりするよ」

「追い込まれてるって言ってもな……」

今まではともかく、ここ最近はかなり平和なのに。

「別に俺、龍音にストレスなんか感じてねぇよ」

「龍音ちゃんが原因じゃなくても、ここ最近で急に生活環境や生活スタイルが変わったでしょ。そういう変化で潜在的にストレスが溜《た》まる事もあるよ。人間が変化する三つの要素の話知らない？」

「何だそれ」

「人間が変わる理由は三つしかないと言われているんだ。一つ目は付き合う人、二つ目は時間の使い方、三つ目は住む環境。詩音はその変化を全部迎えた訳だし、それだけ大きな影響を受けてるって事。ストレスが掛かっててもおかしくないと思わない？」

「じゃあ夢に出てきた女はどう説明する？　同じ女が毎日俺の夢に出て来るんだ」

「同じ異性がずっと出てくるのは、その人が理想のタイプなのかもね。それから異性からアプローチを受けるのは魅力が高まってる報《しら》せでもある。モテ期が来てるんじゃない？　良かったね」

「モテ期なんか来てねぇよ」

「ほら、この間の子。茜《あかね》ちゃんだっけ？　詩音にまんざらでもなさそうだし。髪の毛で顔が隠れて目立たなかったけど、かなり可愛《かわい》いと思うけどな」

「そういうの考えてねえから。斎藤がどうじゃなくて、恋愛自体してる暇ねえんだよ俺は」

「残念。案外お似合いだと思うけどね」

シンジ兄は茶化すように言った後、紅茶を口に運んだ。

「ま、占いなんて当たるも八卦《はっけ》、当たらぬも八卦だよ」

「占い師がそれ言うのかよ」

「僕のはあくまで趣味の延長だから。例えば夢占いにおいて虫はストレスの象徴であることが多いけど、それは一般的に虫を嫌う人が多いからだ。虫が好きな人もいる訳だし、認識が変われば意味合いも変わってくる」

「認識か……」

「夢に出てきた女性を、詩音はどう思ったの？」

「どうって言われてもな」

少なくとも、怖いという感覚は無かった。懐かしいと思ったのだけは覚えている。見た事あるような、出会った事があるような不思議な感覚。

そして俺は確かに、あの女を受け入れたいと思った。

彼女が俺を殺そうとするならば、それでも良いんじゃないかと。

大量に人が死ぬ夢。あれは本当に、ただの夢なんだろうか。

「夢は潜在的な意識を違う形で見せるものだよ。答えは詩音の中にあるんじゃないかな」

その時、シンジ兄のスマホが鳴る。

画面に表示されたメッセージを読んで、シンジ兄は手をパンと叩《たた》いた。

「はい、じゃあもう良いかな？　今日はお開きで」

「何かの用事か？」

「ちょっとね。知り合いが来るんだ」

恋人だとすぐに察する。シンジ兄は恋人がいない時の方が珍しいからな。

「俺もちょうど用事終わったから良いか。そろそろ和美姉達も買い物終わってるだろうし」

「龍音ちゃん、和美と一緒に居るんだっけ？」

「服買いに行くってよ。岬《みさき》も一緒に」

俺が立ち上がろうとするとぐらりと体がふらついた。平衡感覚が急になくなった感じがして、目の前が回る。思わず「うぉっ？」と声を出して椅子に座り込んだ。

慌てたようにシンジ兄が近づいてきた。

「ちょっと詩音、大丈夫？」

「すまん、ちょっとよろけた」

「やっぱ睡眠不足だね。結構酷《ひど》いみたいだし、病院に行った方が良いんじゃない？」

「そうする」

ふらふらと俺は立ち上がる。

「もう少し休んでいく？」

「知り合い来んだろ？　邪魔したな、シンジ兄」

「気をつけて帰りなよ」

シンジ兄に見送られながら、俺は家を出た。

※

最寄り駅まで戻ってくると、ちょうど和美姉から連絡が入った。

駅前のショッピングモールで買い物をしているらしい。

モール内の家電量販店に居るというので立ち寄ると、テレビコーナーで和美姉が手を振っていた。傍《そば》には岬と龍音の姿もある。

「詩音、ナイスタイミング。ちょうど買い物終わったところだったのよね」

近づいてきた和美姉は、俺の手に握られているドラッグストアの袋に目を留《と》める。

「何それ？　何か買ったの？」

「ただの風邪薬だよ」

「ふぅん？　お大事にね」

睡眠改善薬とは伝えないでおく。妙な心配を掛ける気がした。

「詩音、見て」

見たことない服を着た龍音が、俺の傍で両手を広げる。

夏らしいパステルカラーのノースリーブワンピースだ。

「へぇ、よく似合ってんな。買ってもらったのか」

「うん」

「感謝なさいよ。私のセンスで選んだとっておきなんだから。これで龍音ちゃんの魅力も百倍増しね」

「ママ、私は？」

「岬はずっと可愛いじゃん」

和美姉が岬に頬を擦り寄せる。岬もまんざらではなさそうだ。

「母子でイチャイチャすんなよ」

俺が呆《あき》れていると、テレビコーナーで流れていた映像に見慣れた風景が映った。

ニュースで通り魔に関する報道をしている。女性が一人刺されたらしい。

「あらやだ、これおじいちゃん家《ち》の近所じゃない？　怖いわねぇ」

「徒歩圏内だな」

和美姉が不安げな表情を浮かべ、俺も眉をひそめた。

テレビに映し出されたコンビニには確かに見覚えがある。帰り道で通るのだ。

「犯人捕まってないって。物騒ねぇ。詩音、龍音ちゃん一人にしちゃダメよ」

「分かってるよ」

まさか引っ越して早々、近所でこんな事件が起こるとはな。さすがに巻き込まれるとは考え難《にく》いが、用心しとくに越した事はないだろう。

傷害事件と聞いて、夢で見たあの情景が思い浮かぶ。

沢山の人が血まみれで倒れている夢。

その情景を思い出した時、不意に俺の中に『裁き』と言う言葉が浮かんだ。

龍音はこれまで何度も異常な力を見せてきた。釘塚《くぎづか》を言葉で操り、自分よりも大きな男を投げ飛ばし、めちゃくちゃな高さを軽く飛び越え、地震まで起こそうとした。

そしてそれらを、龍音はたった五歳でやってのけた。

あれが龍の力だとするなら、もし大人の龍がその力を完全に操って、ただ殺戮《さつりく》を行ったとしたらどうなる？

あの夢の情景を実現する事は、難しくない気がする。

ショッピングモールを出たところで和美姉達と別れることになった。

「じゃあ、詩音。気をつけて帰んなさいよ」

「あぁ……」

「っていうか、顔が白いわよ？　体調悪いの？」

「別に心配いらねえよ。龍音、帰るぞ」

「うん」

ふらつく足取りで家路につく。

歩いていると、龍音が俺の手をそっと握ってきた。

「暗くなる前に帰っちまいたいな」

だいぶ陽《ひ》が傾いていた。茜色の空に少しずつ宵色が混ざり始める。夏だから陽が落ちるのは比較的ゆっくりだが、あまり悠長にしていたらほどなく暗くなるだろう。

先程のニュースの事もあったし、暗い夜道を幼女と二人で歩くのは少し心配だ。

源龍《げんりゅう》神社を抜けて通りへと出る。この道は比較的拓《ひら》けていて視界が良《い》いのだ。家屋も少なくて遠くまで見渡せるから、怪しい奴が居たらすぐ分かるはずだ。

その時、俺はある事に気がついて不意に足を止めた。

「どうしたの？　詩音……」

自分が歩いているこの道の光景が、何かに重なる。

夢の光景がフラッシュバックした。

「……ここだ」

俺が夢で歩いた道は、ここだった。

縦横無尽に樹々《きぎ》が伸びたあの森だ。

あまりに景色が違いすぎたから気が付かなかったが、あれは確かにこの道だった。この開けた場所を埋め尽くすように、大量の樹が伸びていたのだ。

「どういう事だ？」

これではまるで、俺が夢で見たのはこの世界が滅んだ姿みたいじゃないか。

――この子は龍の子。

――人の行く末を見極める役割を持った我が愛子《まなご》。

――人の行く末を決めるよう天が定めた審判者。

――この子を護《まも》り育てろ。

――この子が聖となるか邪となるかは貴君次第。

じいさんが数十年前に出会った神が告げた『審判』と言う言葉。

もし俺が見た夢が審判の後に世界が滅んだ姿だったとするならば。

俺は夢を通じて、この世界の行く末を垣間見《かいまみ》てしまった事になる。

パズルのピースがハマる感覚を抱くと同時に、急に視界が二重になった。

重力を失ったかのように、目が回り始める。

まともに立っていられずバランス感覚を失って俺は膝をついた。

「詩音！」

龍音が懸命に俺の体を支える。すぐ横に居るはずなのに、龍音の声がどこか遠い。

視界が徐々に暗くなる。起きていられない。

そして俺は目を瞑《つむ》った。

※

「うん……？」

涼やかな風が俺の頬を撫《な》で、意識を取り戻した。辺りが暗い。

体を起こすと、頭がくらくらした。少し治まるまで待って、周囲の状況を確認する。

「龍音？」

声を出すも、返事はない。龍音はおろか、人の気配がまるでなかった。

俺はさっきまでと同じ場所にいた。見間違いようがない。

ただ違ったのは、そのアスファルトがひび割れ、雑草が生えているという事だ。

塀には蔦《つた》が這《は》い、酷く荒廃している。塀の向こう側の家屋は、ガラスが割れ、壁を枝葉が壊し、樹に侵食されていた。

夢で見た森の中に俺は立っている。という事は、また夢を見ているのか。

ただ、今までとは明らかに違う。

触れた指先の感触、風が体を抜ける感覚が、圧倒的にリアルだ。

まるであの夢に実際に入り込んだかのように。

「どうすりゃいいんだよ……」

状況が分からないまま、俺は歩き出す。どこに行けばよいか分からないが、あそこで座っているのは違う気がした。

空を見上げると、樹々の隙間から青空が少しだけ見える。どうやら今は昼間らしい。

薄暗いのは、樹々が生い茂っているためか。ただ、空を覆う枝葉の密度が圧倒的に高く、夜と間違えてもおかしくはない。

突然の事態なのに、頭は妙に冷静だった。現実味がないせいかもしれない。

街が壊れている。道が樹々に侵食され、まともに進めない場所が多い。歩ける道が限られていた。人の気配は、やはりどこにも無い。

人類が絶滅したように、草木だけが風にそよいでいた。

「みんな、どこに行ったんだ……」

ふと、道に足跡がついている事に気がついた。

赤黒い足跡。血でできた足跡だ。見ると、他の道からも同じ形の足跡がやってきていた。足跡はやがて合流し、どこか同じ方向へ向かっている。

俺は、引き寄せられるようにその足跡を追った。

足跡の形が全く同じである事から、この足跡の主が同一人物であると察した。どこかに行って、血まみれになって、歩いて戻ってきたという印象を受ける。

じゃあ、どこに戻ってきたんだ……？

「ここは……」

たどり着いた先は、じいさんの——俺達の住むあの家だった。

隣近所の家がすべて破壊されている中、俺達の家だけが綺麗《きれい》に残っていた。

大量の血の足跡は、家の中へと続いている。戸の引き手に手形があった。血の手形だ。

鍵は掛かっていない。戸を引くとカラカラと音がして中に入れた。

足跡は縁側へと続いている。追うように縁側に向かうと、女が一人座っていた。

夢で見たあの女だった。

「やっと来た」

女は俺を見て笑みを浮かべた。ガラスを弾《はじ》いたかのような透明な澄んだ声だった。

「待ちくたびれた」

女は裸で、血まみれだった。明らかに異常な情景なのに、何故《なぜ》か恐怖感がない。

「お前は誰だ」

何を言うべきか迷って、ようやくそう言った。

すると女は、何故か少しだけ悲しそうな顔をした。

女は俺の問いに答えることなく「ずっと呼んでた」とだけ言う。

「呼ぶって……どういう意味だ」

「そのままの意味だよ。私はお前を呼んだ。お前はここに来た」

「俺に変な夢を見せたのもお前か」

「そう。私が呼んだから、お前は寝ている間にこっちにきた」

「じゃあ、今も俺は寝てるってことか？」

「繋《つな》がりが深まって、お前はいつもより深く眠った。だから、今かなり実体に近い形でこっちに来ている」

俺が見ていた夢は、正確には夢ではないのかもしれない。

俺の意識だけがこの女に呼ばれた事を考えると、幽体離脱に近い状態だったのだろう。

「なんで俺をここに呼んだ？　何がどうなってる？」

「ここに来た時点で、薄々は気づいているはずだ」

女の言葉に、俺は静かに息を吐きだす。

「ここは……未来なのか？」

女は頷《うなず》いた。

「私には、時と空間に干渉する力がある。お前の祖父が龍と繋がったように、お前もまた龍と繋がった。だから私は、お前を呼ぶ事が出来た」

「龍って……龍音の事か？」

「そうだ」

女は俺を見る。

「あまり時間はない。それより、お前には伝えたい事がある」

「伝えたい事？」

「もうすぐお前達の世界に災厄が訪れる。災厄となるのは……あの子だ」

呼吸をするのを、一瞬忘れる。心臓の鼓動がドクンと脈打った。

「放っておけば、何千、何万もの人間が死ぬだろう。そして、あの子は人類から敵として認識され、進んで人を殺すようになる」

「夢で、あんたがそうしていたようにか」

「そうだ」

俺が何度も見てきた、この女が人を殺している姿。あれが人と龍が争う現状を伝えたものなら、龍音は今もこの世界のどこかで人を殺しているのかもしれない。

「災厄は避けられないのか？」

「無理だ、必ず起こる」

「何故分かる？」

「見てきたからだ。私はあの子の事をすべて知っている」

「じゃああんたはやっぱり、龍音の母親――源龍神社の神様なのか……？」

しかし彼女は、それには答えない。

ふと見ると、俺の足元が消え始めていた。徐々に体が消えていく。

「時間か」

女は静かに口にした。

「なぁ、俺はどうすれば良い？　俺をここに呼んだのは、ただそれを伝えるためだけじゃないはずだ」

「根の中心へ行け。そこに答えがある」

「根？　どういう意味だ？　根って、樹の根のことか？　どの樹だよ」

「いずれ分かる」

女はそう言うと、そっと視線を外した。

「根に行き、龍を殺せ。そうすれば災いは収まる」

「龍を殺す？　俺が龍音を殺すって事か？」

「そうだ。あの子はお前にならば警戒を解く。龍は治癒能力を持つが、心臓を貫けば死ぬ。

お前ならあの子を殺せる」

嫌な汗が額を伝う。

すると、不意に首の後ろに手を回された。

夢で見た光景と、全く同じ光景が俺の前に広がる。

「これは、私からの贈り物だ」

そして女は俺に口づけをした。

口づけを……した？

何でキスした!?

ファーストキスじゃねーか！

どぎまぎしていると、女は薄くイタズラっぽい笑みを浮かべた。

初めて見た、人間っぽい表情だった。

「ちょっとした手向けだ。龍の口づけは祝福の力を持つ。いずれ私とお前を繋ぐ橋になるだろう」

俺とこいつを繋ぐ？　どういう意味だ？　意味が分からない。

視界が、だんだんぼやけていく。意識が飛ぶ瞬間、俺は確かに耳にした。

「頼んだよ、詩音」

「――おん、詩音」

鈍い……耳に栓をされているみたいに、音が遠い。

聞き覚えのある声だ。それが徐々にはっきりと、明瞭になっていく。

「詩音、詩音！」

揺さぶられてハッと目を覚ました。

ここは？　一瞬自分がどこにいるのか分からなくなる。

白い天井に、周りにあるのはカーテンか？

そして、俺を覗《のぞ》き込む斎藤と龍音の顔。

「詩音！」

「駿河くん！　良かった、目覚ました！」

二人がホッとした表情を浮かべる。

「どうなった……？　ここは？」

「近くの病院だよ。駿河君、道端で急に倒れたの。それで、龍音ちゃんが私の家に来てくれて……」

言われて、段々と記憶が明瞭になりはじめる。

確かちょうど源龍神社を抜けた辺りで倒れたのだ。意識を失った。

俺はあの後眠ってしまい、龍音に頼られた斎藤が救急車を呼んでくれたらしい。

体を起こすと、全身にまとわりつくような倦怠感《けんたい》はすっかり消えていた。

「駿河君、寝てなくて大丈夫？」

「ああ、ただの寝不足だったみたいだ。心配掛けたな」

「それなら良《い》いんだけど。一応、後でお医者さん呼んでくるね」

その時、病室内に突然歌が流れ出す。この曲、どこかで聞いた事がある。確か『糸』だったか。最近カバーされて少し話題になっているとクラスの奴らが言っていた。

どこから流れているのだろうと思っていると、斎藤が慌てたようにスマホを取り出した。

「ごめん、マナーモードにするの忘れてた。お父さんからだ。ちょっと電話してくるね」

「ああ」

斎藤が病室から出ていく。俺は心配そうに見つめてくる龍音の頭を撫《な》でた。

「心配掛けて悪かったな」

「うん」

龍音は嬉《うれ》しそうに微笑《ほほえ》む。

こんな龍音が人を殺す。それも、何万人も。

そして俺は、彼女を殺さねばならないらしい。

何かの悪い夢である事を、心から願った。

※

「それじゃあ駿河君、私ここで」

「ああ、遅くまで悪いな」

斎藤と別れて家路につく。

今朝の気だるさが嘘《うそ》みたいに、体はもうすっかりと元気だった。

ここ数日の体調不良があの女の影響なのだとしたら、ずいぶんと迷惑なものだ。二度とあって欲しくないと、心から願う。

龍音はいつもと変わらないように見えた。親族会の一件以来、妙な力を発揮する兆候も見られてはいない。

「龍音、今の生活楽しいか」

「うん。楽しい」

「そっか」

俺が繋ぐ小さな手。

この手が、人を殺すようになるとは考えたくない。

「なあ龍音。本当に自分の親の事、覚えてないのか？」

「急にどうしたの？」

「いいから。何か覚えてる事とかあったら教えて欲しいんだ」

「うーん……」

龍音はすこし考えたあと、やがて首を振った。

「分からない」

「そっか」

龍音の顔は浮かない。覚えていないことを尋ねても、ただ不安にさせるだけか。

夏の夜空には沢山の星が浮かび、ずっと見ていたくなるような魅力を孕《はら》んでいた。

蝉《せみ》たちの声が、宵の空気に混ざるように静かに響く。

街頭に照らされた二つの影が、繋がれた手で重なっていた。

なんだかそれは幸せな光景で、油断するとすぐに消えてしまいそうなくらい儚《はかな》くも思えた。

第八話　災厄の刻

斎藤《さいとう》から電話が掛かってきたのは突然だった。

夏休みに入ってからは会っていなかったので、話したのは久しぶりだ。

「夏祭り？」

『うちの神社で毎年やってるの。来週あるからどうかなって。龍音《りと》ちゃんも一緒に』

「そう言えば言ってたな……。俺は別に良いけど、お前は大丈夫なのか？　祭りの手伝いとか色々あんだろ？」

『今年はアルバイトさんも雇うし、遊びに行きたいなら行って良いよってお父さんが』

「なるほどな。じゃあ行くか。夕方六時くらいでいいか？」

『うん』

「んじゃまた、当日に」

電話を切ってふと思う。斎藤から遊びの誘いなんて珍しいな、と。いや、ひょっとしたら初めてかもしれない。俺らの年で、男女二人で遊びに行こうものなら一発で噂《うわさ》になるからな。

特に俺は学校での評判も良くないし、黒髪にしてもそんな急に世間の評価は変わらない。最近は近藤《こんどう》と絡む事も増えたからますます白い目で見られているし、これでも遠慮していたつもりだ。

それに、他に好きな奴でも居たら斎藤が可哀想《かわいそう》だしな。

「……気ぃ遣ってくれたのかな」

斎藤には龍音の事で色々迷惑をかけっぱなしだ。なんだかんだ困った時に助けてくれる。

「好きな奴か。居んのかな」

一瞬考えて、すぐに頭を振ってその考えを消す。龍音を育てるって決めた時から、そういうのは考えないようにすると決めたじゃないか。

「詩音《しおん》」

「おわっ！　何だ龍音か……居たなら言えよ」

龍音が部屋の入り口のところに立っていた。

「龍音、斎藤が今度夏祭りに行こうってよ」

「お祭り？」

「そうだ。源龍《げんりゅう》神社でやってるらしい。行った事あるか？」

「おじいちゃんと一回だけ。でもあんまり覚えてない」

「じゃあ行こうぜ。祭りは面白いからな。色々食い物の店とかも出るし。ラムネ美味《うま》いぞ」

「へぇ」

龍音の目がいつものように輝き出す。キラキラと、期待に溢《あふ》れた目をしている。

その表情を見て、思わず笑みが浮かんだ。

夏祭りか……。

俺も、少し楽しみかもな。

※

今でも心臓が高鳴っている。

バクバクと音が鳴り、外に響き渡りそうな気さえする。

私はスマホを胸元に抱え、ベッドに倒れこんだ。興奮が冷めず、足がバタバタする。

言った。言っちゃった。言ってやったぞ。

駿河《するが》君を祭りに誘ってしまった。自分から誰かを遊びに誘うのは初めてかもしれない。

文句言ったり、拒んだりされるかなって不安だったけど、思った以上にすんなりいった。

「緊張した……」

今年の夏祭りの話がお父さんから出た時、すぐに駿河君の事が頭に浮かんだ。

何か口実を作って誘えないかと、何度も考えを巡らせたのだ。

ただ……龍音ちゃんをダシに使ったみたいで少し罪悪感。

もちろん、龍音ちゃんを連れて行ってあげたいという気持ちはあったけれど、そう言ったら駿河君も絶対来るって言う下心みたいなものもあった。

でもそれ以上に、今は興奮が冷めやらない。

そのまますぐに和美《かずみ》さんに連絡した。以前駿河君の家で会った時にこっそり連絡先を交換してもらったのだ。駿河君と仲良くなりたいがどうすれば良いか分からないと伝えると、喜んで相談に乗ってくれた。

「夏祭り一緒に行く事になりました……と」

すぐに既読がつく。メッセージで返って来ると思ったが、電話が掛かってきた。

着信音に設定していた『糸』という歌が流れる。

『やったわねぇ、茜《あかね》ちゃん』

和美さんの声は、何だか嬉しそうだった。

「はい。でも、龍音ちゃんを利用したみたいになっちゃって……」

『関係ないって。詩音、行きたくない時はきっぱり断るタイプだし』

「そうなんですか？」

『そうよ。何となく分かるでしょ？　あの子興味のある無しで全然態度変わるんだから』

「確かに」

『茜ちゃんと詩音が付き合うのかぁ。可愛《かわい》い義妹《いもうと》が出来て嬉しいわ』

「ま、まだ付き合った訳じゃないので！」

『良いから、勇気出して告っちゃいなよ。幼い頃に出会っていた子からの告白。詩音喜ぶわよぉ』

「そう、ですかね」

『詩音はねぇ、普段は鋭いんだけど、女子の気持ちには全然なのよね。ほら、あんな感じでアウトローぶってるでしょ？　生きてくので必死だから全然女の子のアプローチに免疫がないのよ』

「アハハ」

私たちは少し笑う。和美さんの言葉は私に元気をくれる。相談してよかったな。

窓から、月が覗《のぞ》き見えるのが分かった。大きくて、眩《まぶ》しいくらいに輝く月。今は少し欠けているけど、祭りの時は多分満月だろうな。

『祭りの日、上手《うま》く行くと良いね、デート』

電話を切って、そっと一息つく。人と話してどうにか落ち着いた。

駿河君はお姉さんも優しいんだな。

「駿河君、私の浴衣姿見て何て言うかな……」

不安半分、期待半分。

でも、祭りの日が待ち遠しい。

※

私が駿河君の事を気になり始めたのは、高校一年生の頃だった。

この辺りでも比較的成績の良《い》い高校に進学したが、入学して早々「不良がいる」という話は耳にしていた。

学内で髪の毛を染める人はほとんど居なかったから、噂の人が誰なのかすぐに分かった。

「あっ……」

金髪姿の駿河君を遠巻きに見て、すぐに気がついたのだ。

私、この人と会った事があると。

小学一年生だった頃、おばあちゃんの入院していた病院で知り合った男の子。

「お前、毎日ここに来てるけど、どこか悪いのか？」

「えっと……おばあちゃんが入院してて」

「そっか。俺と同じだな。俺も母さんが入院してんだ」

「そうなんだ……」

「名前何て言うんだ？　俺は駿河詩音」

「わ、私は……」

「詩音！　こんな所に居た。母さんが呼んでるわよ」

「わかったよ和美姉《ねえ》。ゴメン、呼ばれたから行くわ。またな」

「う、うん……」

そうして、私はろくに名乗りもしないまま彼と知り合った。

病院で見かける度に駿河君は私に声を掛けてくれたし、名乗らないままでも何となく仲良くなれた。よく一緒に遊んだし、おばあちゃんの話をした時何度も励ましてくれた。

でもおばあちゃんは容態が急変して亡くなってしまい、まともに別れの挨拶も出来ないまま彼とは会えなくなった。それがずっと気がかりだった。

そんな彼と、高校で再会する事が出来たのだ。

声を掛けようかと思ったけれど彼は昔と違って髪の毛を金色に染めていて、雰囲気も昔よりずっと尖《とが》って見えたから話し掛けるのは憚《はばか》られた。

元々私は口下手で、友達も上手く作れるタイプではない。話し掛けられても何を言えばよいか分からなくて、迷っているうちにすぐに相手が離れてしまうのだ。お陰で駿河君と話す事はおろか、高校でもすっかり孤立してしまった。

何となく声を掛けられないまま、彼の悪評だけを耳にするような日々が続いた。

実際の所はどうなのか分からなかったが、色々あって彼は悪い人になってしまったのかもしれないと私も考えるようになっていた。

ある日、学級委員の仕事で職員室にノートを持っていく事になった。

私が両手でノートを抱えたまま職員室のドアを上手く開けられないでいると、ドアが開いたのだ。

通り過ぎ際に駿河君がドアを開けてくれていた。

「あ、ありがとう」

お礼を言う前に、彼は手をひらひらと振ってさっさと去ってしまう。怖い見た目なのに意外と親切なんだな、と気づく。悪い噂が多いけど、実は昔と同じように優しいままなのだろうか。

それ以降注意して見ると、落とし物をさり気なく机の上に届けてあげたり、誰かが倒したゴミ箱を片付けたりと、人に気づかれないような親切を度々しているようだった。

彼からしたら、たまたま目についたものを片付けたくらいの感覚なのかも知れない。でもそういう行動をわざわざする人は案外少ない。

不器用な人なのだなと思った。

気づけば、彼の事を目で追うようになっていた。

肝心の彼は私の事を覚えてもいなかったみたいだけれど。

でも最近、もう一度駿河君と話すようになった。

龍音ちゃんがきっかけだったと思う。不思議な五歳の女の子。あの子が来てから駿河君は少しずつ変わった。雰囲気が柔らかくなったし、話し掛けやすくなった。

このままもっと仲良くなって、もし付き合うなんて事があったら……。

「どうなるんだろうな」

そうなったら良いなと思う自分が居た。

※

「あんた、お姉ちゃんに何か隠してる事無い？」

近所のファミレス、和美姉がニヤニヤと笑みを浮かべた。

俺の隣では龍音が気にせずパフェをモリモリ食べている。

「何だよ、隠してる事って」

急に呼び出したと思ったら何の話だ。しかし和美姉は「またまたぁ」と止まらない。

「デート、行くんでしょ？　茜ちゃんと」

「どっから回ったんだよ、その情報」

「へぇ、詩音デート行くんだ？　やるね」

ドリンクバーから戻ってきたシンジ兄《にい》まで話に入ってきた。最悪の布陣だ。

「この前まではあまり興味ないって感じだったのに」

「別にデートじゃねぇよ。祭りの日に龍音と回ろうって誘われただけだ」

「そんなの口実に決まってるでしょ。茜ちゃん、勇気を出してあんたを誘ったのよ」

「引っ越してきたばっかの俺らに気い遣っただけだって。あんま変な茶化し方すんなよ。斎藤が可哀想《かわいそう》だろうが」

「可哀想って何で？」

「他に好きな奴とかいたらどうすんだよ」

俺が言うと「あぁー」と声が漏れた。和美姉の隣で岬《みさき》までもが頭を抱えている。

龍音はそれを見て不思議そうに首を傾《かし》げた。

「詩音、それは酷《ひど》いよ」

「詩音、最悪」

「あんた、普段はしっかりしてるのに何でこんな時は……」

「何だよ、みんなして」

俺が内心ドギマギしていると、和美姉がビッと俺を指差した。

「あんたねぇ、女の子が好きでもない男を祭りに誘う訳ないでしょうが！」

「逆の立場で考えてみなよ。もし詩音が茜ちゃんを遊びに誘ったとして『私に気を遣ってくれたんだ』とか言われたらどう思うのさ」

「えっ……それはちょっと、嫌かな。ムカつくし」

「そういう事だよ」

「でも、俺とあいつじゃ立場が違うだろ。友達が子供抱えてたら、俺だって何かしてやれないかって考えるよ」

「茜ちゃん、源龍神社の娘さんでしょ？　忙しいんだから、気を遣ったくらいでいちいち時間取って誘ったりする訳ないでしょ！」

「そうかな……」

するとシンジ兄が肩をすくめた。

「まぁ、詩音も年頃の男子って事だね。マイナスに考えて帳尻合わせようとしてるんでしょ。でも思春期の恋愛はボヤボヤしすぎてるとすぐ終わっちゃうから、決めるならすぐ行動した方がいいよ」

「変なアドバイスするな！」

「茜ちゃんが義妹になったら、お姉ちゃん感慨深いわぁ」

当人を置いてけぼりにしてどんどん場が盛り上がっていく。

すると、俺の横に座っていた龍音がちょいちょいと服を引っ張る。

「皆、どうして騒いでるの？」

「色ボケしてんだよ。どいつもこいつも」

　斎藤はあくまで友達だ。好きや嫌いとかじゃない。俺自身が今は恋愛なんてする気が無いし、周りがこんな感じで無理やりくっつけようとする空気は好きではない。

　まぁ、気にならないと言えば嘘《うそ》になるけど。
※

　あっという間に祭り当日になった。

　玄関で待っていると、和美姉に連れられて龍音がやってきた。

　龍音は綺麗《きれい》な浴衣に身を包んでいた。紺色の生地に桜吹雪が描かれたもので風情を感じる。

「どう？　こう見えても着付けは得意なのよね」

「可愛いもんだな」

　龍音はトテテとこちらに歩いてくる。

「この浴衣どうしたんだ？」

「私のお古よ。子供の頃着てたやつ。岬用に残してたんだけど、取ってて正解ね」

「へぇ。龍音、着心地はどうだ？」

「楽しい」

「答えになってないぞ……」

龍音の目はキラキラしている。喜んでいる証拠だ。

「じゃあ、行ってくるから」

「はいよ。詩音、色々言っちゃったけどさ、あんたあんまり青春らしい事してないんだからたまには楽しんで来なさい。茜ちゃんにもよろしくね」

「ああ、言っとく」

「私も岬の着付け終わったら後で祭りに向かうから。悪いけど家、使わせてもらうわよ」

「へいへい。鍵は後で返してくれたらいいから」

「オッケー」

玄関を出た俺と龍音は手を繋《つな》いで待ち合わせ場所に向かう。

下駄《げた》を履いてるのかと思ったら、龍音の足元は子供用サンダルだった。そのお陰で浴衣だけど龍音の動きはどこか機敏だ。

空は暗くなり始め、徐々に夜が近づいてくる。空気は少し湿り気を帯びて草木の香りを運んでいた。夏の匂いだ。

まだ会場にはたどり着いていないけれど、夏と祭りの気配が、どこか空気をざわめかせていた。ちらほらと、浴衣の人も見受けられる。

「龍音が最後に祭りに行った時はどうだった？」

「人が一杯で目が回った。よく分からなかった」

「じゃあ今日はちゃんと覚えとかないとな」

「うん」

龍音はどこかそわそわしているみたいだった。町の喧騒《けんそう》や賑《にぎ》やかな雰囲気を体で感じているのだろう。

源龍神社へ入ると、神社内に大きな櫓《やぐら》が建てられていた。盆踊り用の櫓だろう。斎藤の話によると神輿《みこし》も出ているらしい。斎藤の話通りかなり伝統的な祭りらしく、遠方からもお客さんが来るほど盛況なようだ。

神社内にはちらほらと出店が見える。ただそれはまだ一端でしかない。ここから続く駅までの道が完全に歩行者天国となり、長い大通り一帯に大量の出店が出ているのだ。

駅へと繋がる大通りに出ると、左右にぎっしりと並んだ屋台を眺めながら大勢の人が歩いていた。右側から入って、奥まで進んだら左側に折り返す流れが出来ている。

神社の入り口で待ち合わせのはずだったが、斎藤はまだ来ていないのか姿は見えない。スマホで確認すると、約束より少し早めの時間だった。

ふと龍音を見ると、何かを物欲しげに眺めている。見ると綿あめを子供が食べていた。その様子を祖父らしき老人が見守っている。

その姿に、なんとなく過去の俺とじいさんの姿が重なった。

「久しぶりだな、この感じ……」

ここ数年は来ていなかったが、昔遊びに来た時の事を少し思い出した。

思えば昔は、ただ目の前の物を夢中で楽しんでいたな。毎日が沢山の思い出で溢《あふ》れかえっていたし、見るものに深く感動していた気がする。今は今で悪くないけれど、何となく幼い日々の事が懐かしくなった。

「そうだ龍音、綿あめ食べるか？」

「良《い》いの？」

「棒で喉突かないよう気をつけろよ」

綿あめを買って渡してやる。ふわふわの綿あめに顔ごと突っ込んで咀嚼《そしゃく》する龍音は、夢の中に居るような心底幸せそうな表情を浮かべていた。口に入れると溶けて無くなってしまう綿あめの食感が、新鮮でたまらないのだろう。ここまで喜ばれると、屋台のおっさんも本望だろうな。

「ちょっと俺にもくれよ」

「うん」

綿あめをちぎって口に運ぶ。懐かしい味がした。

すると、カランコロンと下駄の音が耳に入る。喧騒の中でもその音はよく聞こえた。

何気なく振り返ると、浴衣姿の女性が立っていた。髪の毛をまとめ、薄く自然な化粧がされている。大人っぽく、美人だなと感じた。美人は和美姉で相当の耐性がついているけれど、目の前の女性は何だか妙に心に引っ掛かる。

すると女性はどこかぎこちない様子で、俺達に近づいて来た。何か用だろうか。

「おま、お待たせ」

「はっ？」

「待たせてごめんね……」

意味がわからず怪訝《けげん》な顔をしていると、龍音が「茜」と声を出した。思わず「えっ」と声が漏れる。

「斎藤？　マジで？」

「う、うん。……変かな？」

「変って言うか、どうしたんだよその格好」

「せっかくだし、浴衣着てみようかなって。そしたら巫女《みこ》のアルバイトさんがメイクしてくれるって言うからお願いしたんだけど……」

俺は内心どぎまぎしていた。

今まで長い髪の毛で目元も隠れていたし、斎藤自身あまりオシャレをするようなタイプでなかったから素顔をちゃんと見る事もなかった。

にしてもこれは……変わりすぎだろ。

——髪の毛で顔が隠れて目立たなかったけど、かなり可愛《かわい》いと思うけどな。

以前言われたシンジ兄の言葉が思い浮かぶ。

忌々しいが否定出来そうにない。すると斎藤は少し不安げな表情をこちらに向けた。

「や、やっぱり変だよね？　私がこんな格好」

俺は慌てて首を振る。

「変じゃない。雰囲気も大人っぽいし。違いすぎて最初わかんなかった」

「褒め言葉で良いんだよね？」

「一応な」

すると斎藤は「そっかぁ」と優しい笑みを浮かべた。

「嬉《うれ》しい。ありがとう」

その笑みに、思わず見とれる。しかしすぐにハッとすると、俺は視線を逸《そ》らせた。

「じゃあ行こうぜ」

三人で祭りの喧騒の中を進む。人が多く、油断すればすぐにでもはぐれそうだ。

ある程度余裕をもって歩けるものの、提灯《ちょうちん》や屋台、周囲の人に目を奪われ、視線が定まらない。

「龍音、俺の手離すなよ」

「龍音ちゃん、一応私とも繋ごっか」

「うん」

エイリアンが捕まっているような構図で、俺たち三人は龍音を中心に手を繋いだ。

斎藤は髪の毛をアップにしているためか横顔も普段と違って見える。学校の先輩だと言われれば信じてしまいそうだ。

「どうしたの？」

俺の視線に気付いたのか、斎藤が尋ねてくる。見ていた事がバレないよう話を逸らすことにした。

「いや、下駄なのに上手《うま》く歩くなって。雪駄《せった》とか下駄とか、履きなれてないと靴擦れする事も多いって聞くし」

「巫女のお仕事でたまに履くんだ。と言っても、祭事の時以外は動きやすいように草履《ぞうり》にする事の方が多いんだけど」

「そうなのか」

話しているうちに慣れてきたのか緊張もほぐれてくる。

と言うか、俺は何で緊張してんだ。

すると龍音が俺の袖をちょいちょいと引っ張った。

「どした？」

「あのクジ、やりたい」

「クジ？」

俺が言うと斎藤が「あぁ、クジ引きの屋台だね」と言った。

見ると確かに沢山のゲームソフトやおもちゃが置かれたクジ引きの屋台がある。

「でもここだけの話、あそこ当たりクジ入ってないんだよね」

「詳しいな」

「昔からたまに揉《も》めてるの見るんだ」

なるほど。結構あくどい商売をしているらしい。

「だってよ龍音。当たらないからやめとけ」

「やりたい」

「ダメだっつの」

龍音がムッとした表情を露《あら》わにする。今日はわがままだな。普段あまり感情を出さないからか珍しい。いや、今までが従順すぎただけか。

「しゃあねぇな。一回だけだぞ」

「うん」

クジ引きは、数百本ある紐《ひも》からたった一本を引いて当たりを狙うタイプのものだった。

背後に大量のゲーム機をチラつかせているが、実際に当たりは無いらしい。祭りの雰囲気のせいでギリギリ許されているような代物だ。

まぁ、これも一種の風物詩だろう。

「おじさん、一本良いですか？」

斎藤を見た店の親父《おやじ》はパッと表情を変えた。

「あいよ！　お、お姉さん綺麗《きれい》だねえ。もう一本おまけしちゃおう」

「あ、ありがとうございます」

斎藤は照れたようにこちらを見てはにかんだ。

「龍音ちゃん、一本選んで良いよ」

「うん」

斎藤と龍音は適当な紐を選ぶ。これで一本三百円とはマジで暴利だな。

「じゃあ、せーので引こっか」

「うん」

「せーの！」

ガタン、と音がした。店の親父が椅子を倒して立ち上がったのだ。

斎藤はそんな親父の様子にも気づかず「ハズレちゃった」と苦笑する。

「龍音ちゃんは？」

龍音が俺に差し出してきた紐を見て、俺と斎藤も絶句した。

何故《なぜ》なら、龍音の差し出してきた紐の先端には、最新の携帯ゲームのハード名が書かれたタグがついていたからだ。

「当たった」

「嘘《うそ》だろ？　当たり入ってんのかよ……」

「全部外れだと思ってた……」

俺たちがそれぞれ驚いていると、店の親父が「あー、くそ」と声を出して鐘を鳴らした。

その瞬間、俺達に注目が集まる。

「悔しいけど、大当たりだよ！」

「やったな、龍音！」

「龍音ちゃんすごい！」

俺たちが口々に褒めると龍音はキラキラと目を輝かせた。よっぽど嬉しいらしい。

親父は渋々という様子で機嫌悪そうに本体を袋につめる。ゲームの形をした消しゴムでも渡されるのかと思ったが、渡されたものは確かに本物だった。

「よかったな」

「うん」

店を離れる時、屋台の親父が不思議そうにこぼすのを俺は聞き逃さなかった。

「当たりクジ外しといたんだけどなぁ……」

再び人ごみの中を進みながら、先程あった出来事について俺は考えた。

屋台の親父が当たりクジを用意していたのは、恐らく警察やクレームへの対策だろう。完全な詐欺になるのを防ぐ目的で用意していたのだと思われる。

本来屋台の親父の手元にあるはずだった当たりクジが何かの手違いで客用のクジに紛れ込んでいた。その当たりクジを龍音がたまたま見つけて、引っ張った。

「なぁ龍音。さっきのクジ、なんかやったか？」

俺が龍音に尋ねるも、龍音はフルフルと首を振る。本当に何もしていないらしい。

「紐、光って見えたから」

「光る？」

「うん」

「どういう事だろう……」

斎藤が首を傾《かし》げる。

「あー……、ほら、以前お前龍音に不思議な感じがするって言ってただろ。こいつ霊感とか強いみたいなんだ。だからたまに変な体験するっていうか」

「そうなんだ。やっぱり、龍音ちゃんはちょっと特別なんだね」

「斎藤も霊感強いんだっけ」

「うん。でも私は、紐が光って見えたりはしないかな」

　つまり価値あるものが光って見えるのは龍音の龍としての力だろう。

　自分だけでなく岬の怪我《けが》まで治癒し、数百本の中からたった一つの当たりを見つけ出せる。

　そして人の理解を超えた運動能力や、高い知性まで持っているのだ。

　改めて、めちゃくちゃ便利な力だなと感じる。どれひとつ取っても、いくらでも悪用出来そうだ。

　それだけの価値ある力を持っているからこそ、龍音はある意味人にとって『試練』たり得るのかも知れない。変な奴が龍音の保護者だったら、この力を自分の利益のために利用するはずだ。そういう意味では、龍音の保護者が自分で良かったと思う。

　しばらく屋台の食べ物を買いながら歩いた。脚もくたびれてきた頃合いで、祭りの道が終わりを迎える。ここから折り返しだが、少し休みたかった。

「この先に別の神社があるんだけど、ちょっと休まない？」

「だな。屋台の食べ物も食べたいし」

　斎藤に案内されて少し歩くと、確かに神社へと繋《つな》がる長い石段が見えた。源龍神社とは関係のない神社らしい。石段を少し上ったところで腰を下ろす。源龍神社主催の祭りだからか、こっちの神社の方に人の気配はなかった。

祭りの喧騒《けんそう》がどこか遠くに感じられる。

「結構疲れたね」

「まぁこの人ごみだしな」

流れ行く人をなんとなく遠巻きに眺めた。幸いな事に今のところ知り合いとは出くわしていない。学校から結構距離があるお陰だろう。

「ここ……」

斎藤がボソッと口を開く。

「ここがどうかしたか？」

「覚えてる？　昔、二人で来た事あるんだよ」

「あったっけな。源龍神社で遊んだ記憶は何となくあるけど」

そう言えば、ここからおふくろの入院していた病院が近かったような気がする。

「おばあちゃんの容態が急に悪くなって、私がここで泣いてたらね。いつもみたいに病院に向かってた詩音君が通り掛かったんだよ」

「あぁ……あったな。思い出した。お前めちゃくちゃ泣いてたな」

「不安だったんだ。結局おばあちゃんはあの後すぐ亡くなっちゃったんだけど、詩音君がずっと話聞いてくれた時、嬉しかった」

「あの時の俺には、それくらいしか出来なかったからな」

「それくらい『しか』じゃないよ。私にとっては、とても大きな事だったんだ」

「……もう十年前だよな」

「ちょうど小学一年生くらいの歳《とし》の頃だったから、そうだね」

斎藤は微笑《ほほえ》む。

「俺らも、すっかりでかくなったな」

「うん。でも、詩音君は今も変わらないね」

「そうか？」

「詩音君は歩いてる時に困ってる人が居たら、ちょっとだけ助けちゃう人なんだ」

「ちょっとだけかよ。まぁ、ガッツリ助けるほどお人好《ひとよ》しじゃねぇな」

「でも、その『ちょっと』で救われる人も居るんだ。私みたいに」

不意に、斎藤の声のトーンが落ちた。周囲の空気が緊張に満ちるのを感じる。

なんだか妙だ。まるで、告白の前のトーンみたいな……。

告白？

「あのね、私ね、詩音君の事――」

真剣な表情の斎藤に思わず息を呑《の》んだ。龍音も居るのに何言うつもりだよ。

そこで俺は、龍音の姿がない事に気づいた。

「あれ？　龍音は？」

俺が口にすると「えっ？　あれ？」と斎藤も表情を変える。

「さっきまでここで焼きそば食べてたよね？」

「もしかして屋台見に行ったのか？」

「そうかも」

あいつ、ここに来るまでにも食べたそうにいくつかの屋台に目を光らせてたな。気になって、見に行ってしまったのかもしれない。

俺は立ち上がる。

「悪《わり》ぃ、ちょっと見てくるわ」

「私も一緒に行くよ」

「疲れてるだろ？　龍音が戻ってくるかも知んねぇし。ここに居てくれたほうが助かる」

「そっか、そうだよね」

「すぐ戻る」

斎藤の方を振り返らず、俺は小走りで祭りの人ごみにもぐった。

※

言えなかった。もうちょっとだったのに。

私は思わず頭を抱え、天を仰いでふぅと息を吐いた。

いつの間にか空はすっかり暗くなり、満月が浮かんでいる。夏の夜の満月は、とても綺麗だった。

お祭り、思い出の場所、人気《ひとけ》も無い。

「考えてみたら、最高のシチュエーションだったな……」

私は足を投げ出す。心臓の鼓動が落ち着くと同時に頭が冷静になり、急に恥ずかしくなってきた。

「言ってたらどうなってたかな」

詩音君のあの表情、多分何となく察してた。龍音ちゃんが居ないのは事実だけど、たぶん体《てい》よくかわされてしまったのだろう。

かわすということは避けたということで、それはすなわち迷惑だったということで……。

私は詩音君の事が気になってるけど、彼は何とも思っていないのかもしれない。告白のテンションが冷めてくるにつれ、考えれば考えるほどネガティブな思考が頭を占めた。

色々考えてハッとする。

「って言うか私、いつの間に『詩音君』って呼んでた……？」

何だかリラックスしてつい下の名前で呼んでしまった。

昔そうしていたような気がするから。

「しまったぁ……次、どんな顔して会えばいいんだろ」

なんだか辛《つら》い。

どんよりと重い溜《た》め息《いき》を吐《つ》いていると、不意に誰かが私のすぐ横に座った。

見ると、龍音ちゃんがそこにいた。

「龍音ちゃん！　どこ行ってたの？」

「おトイレ。でも見つからなかった」

「そっか。ここらへんトイレないもんね。じゃあ、駿河君にも会わなかったんだ？」

龍音ちゃんは静かに頷《うなず》く。まぁ、仕方ないか。

「おいで、ちょっと歩いたところの公園に公衆トイレがあるから、連れてってあげる」

「うん」

夜道を龍音ちゃんと歩くと、カランコロンと私の下駄《げた》の音が夜闇に溶けた。

「茜、元気ない？」

龍音ちゃんが、私の顔を覗《のぞ》き込んで首を傾げる。

その言葉に心を読まれた気がして、心臓の鼓動が跳ね上がった。

「ちょっと、落ち込んじゃって」

「どうして？」

「……私、駿河君の迷惑になってないかなって。避けられてるような気がして。そんな事無いのはわかってるんだけど、不安になっちゃったんだ」

すると、龍音ちゃんは私の手をキュッと握ってくれた。

「詩音は茜を迷惑に思ったりしてない」

彼女は、私の目をまっすぐに見る。その言葉は多分何よりも純粋で、嘘偽《うそ》りもなくて。

ただただ純粋に、私の気持ちを安堵《あんど》させてくれた。

「そうだよね。ありがとう」

龍音ちゃんには、不思議な魅力がある。何もかも見通した上で心を包んでくれるかのような魅力が。

歩いていると、道路にあるカーブミラーが目に入った。

私達の後ろを誰かがつけてきている。

夏なのに長袖の全身が黒い服。体格からして男の人だろう。頭にキャップを深く被《かぶ》っていて、妙だな、と何となく感じた。

道を曲がると、その人も曲がってくる。

数日前テレビでやっていた通り魔事件が頭をよぎった。確か犯人の特徴は、全身黒服の若い男性だったはずだ。

一致している。偶然だと良《い》いのだけれど、なんだか気味が悪い。

「龍音ちゃん、ちょっと道変えても良いかな？」

「うん」

少しだけ早歩きで歩いた。道を右に曲がって、曲がって、また曲がる。ちょうど一周して元の道に戻ってくる形だ。

私の勘違いなら、もう後ろには誰もいないはず。

振り返って見てみると誰もいなかったのでホッとした。当然、前にも人の姿はない。

やっぱり私の自意識過剰だったみたいだ。そっと胸を撫《な》で下《お》ろす。

すると歩くのが速かったのか、龍音ちゃんがつまずいてこけてしまった。

「痛い……」

「大丈夫⁉ ごめんね、怪我してない？」

よろよろと立ち上がる龍音ちゃんに向き合う形で膝小僧を見てみる。大丈夫みたいだ。

不意に、私の横に誰か立つのが分かった。嫌な気配がして、恐る恐る顔を上げる。

先ほどの男性がすぐ目の前に立っていた。

口の端から端まで大きく笑みを浮かべ、焦点の合わない茫漠《ぼうばく》とした瞳で私達を捉えている。

右手に、何か持っているのが分かった。暗くて見えづらかったけれど、街灯に反射するそれは明らかに刃物だ。サバイバルナイフの類だと気がつく。

「な、何ですか？　何か用ですか……？」

私は、龍音ちゃんを守るように抱きかかえて尋ねた。

私を見下ろす男と、龍音ちゃんが視界に入る。

状況が呑《の》み込めていないであろう彼女は、呆然《ぼうぜん》とした顔をしていた。

逃げなきゃ。

そう思うけれど、恐怖で身体《からだ》が動かない。

「茜、大丈夫？」

龍音ちゃんも異常に気付いたのか、不安そうに私の顔を見た。

男が一歩、私達に近づく。

「よ、寄らないでください」

ようやく振り絞った声は、震えていた。

抵抗するように私が手を前に出すと、男がナイフを横薙《な》ぎに一閃《いっせん》する。

手のひらに鋭い痛みが走って、思わず「あぐっ」と声が出て尻もちをつく。

そんな私を見下ろして、男はニタニタ笑った。

「君……良い顔してるね」

へへへ、と笑いかけられる。

「僕、こ、こういうの好きなんだ」

不気味な笑い声が私の脳裏を満たしていく。

「お、女の子が、絶望する顔。お、怯《おび》えたり、恐怖に歪《ゆが》む顔。み、見てるだけで、さ、最高に、こ、興奮する。へへ、えへへへ」

「り、龍音ちゃん、逃げて……」

私が言うも、龍音ちゃんは身動き一つしない。

そこで私は異常に気付いた。

龍音ちゃんの目が赤く光っている。

その目は人間の物ではなかった。

爬虫類《はちゅうるい》のような鋭い瞳孔が浮かんだ目。

ヘビのような。

龍の――ような。

「龍音ちゃん……？」

私が声を出すのと。

龍音ちゃんが男に向けて手を伸ばすのは、ほぼ同時だった。

そして、彼女がそっと拳を握り締めた時。

地面から巨大な樹《き》が生え、私達を呑み込んだ。

第九話　聖と邪

「龍音《りと》？」

俺がハッとして辺りを見渡すも、龍音の姿はない。

祭りを楽しむ人々が、楽しそうに歩き過ぎ去るだけだ。

「気のせいか……？」

一瞬、龍音の声が聞こえた気がした。

首を傾《かし》げていると「詩音《しおん》」と近くから声をかけられた。誰だと探していると「こっちだよ、こっち」と人ごみの中から手がニュッと生えてくる。

シンジ兄《にい》だった。

「やっと見つけた。随分探したよ」

「来てたのか」

「まぁね。和美《かずみ》達知らない？　まだ会えてないんだ」

「後で行くって言ってたからどこかには居ると思うけどな」

「あら、詩音じゃない。シンジ兄さんも」

お次は背後から声をかけられる。和美姉《ねえ》と岬《みさき》だった。

「和美！　やっと合流出来た。待ち合わせ場所に居ないから探したよ」

「ごめんなさい。岬の着付けに時間掛かっちゃって。それより二人が何で一緒に居るのよ？　茜《あかね》ちゃんは？　さてはデリカシーない事言って喧嘩《けんか》してないでしょうね」

「違《ちげ》ぇよ。龍音がいなくなっちまったから俺だけ捜しに来たんだ」

「あら、大変ね」

「この人ごみだと、はぐれたらそう会えないね」

「茜ちゃんが一人なのも不安ねえ。ナンパとかされてるかもしれないし」

確かに。その事を失念していた。どうするかと思案していると「じゃあ僕達が茜ちゃんと合流しようか」とシンジ兄が言った。

「それなら安心でしょ」

「ああ、助かる」

やっぱこういう時に助けてくれる人が居るのはでかいな。

斎藤《さいとう》に連絡しようと思ってスマホを見ると、未読メッセージが一件来ていた。斎藤からだ。龍音が見つかって、トイレに連れて行くという旨が書かれている。

「龍音戻って来たってよ」

「何だ、良かったじゃん」

「あんたも早く戻ってあげなさいよ」

「ああ、そうする」

その時だった。

道の奥が、何だか騒がしい事に気がついたのは。

「うわっ！」

「きゃあ！」

次々と悲鳴が上がる。ただ事ではなさそうだ。

揉《も》め事《ごと》かと思っていると、次に足元をヘビの様な物が駆け抜けていった。

「何これ!?」

「岬！　足元気をつけて！」

「ママ！　怖い！」

シンジ兄達が声を上げる。俺も思わず足元を見て、それが何かを知った。

樹だ。

樹の根が、まるでヘビの様に伸びてきているんだ。

「おい、何だあれ！」

また誰かが叫び、俺は声の方角を見る。

ずっと向こう側にとてつもなく巨大な樹が生えていた。見た事ないほどの、空を覆い尽くすほどの巨大な樹だ。ファンタジーで見るような、世界樹を彷彿《ほうふつ》とさせるものだった。

樹は加速度的に生長を果たし、こうして遠方から眺めているだけでもどんどん大きくなるのが分かる。

人々のざわめきが激しくなり、混乱がますます広がった。

胸騒ぎがする。

いつか、あの女に言われた言葉を思い出した。

――もうすぐお前たちの世界に災厄が訪れる。災厄となるのは……あの子だ。

「災厄……」

気がつけば、そう呟《つぶや》いていた。「何?」と三人が首を傾げる。

この樹はいけない。直感的にそう悟った。

すると、今度は先程よりも強烈な悲鳴が奥側から上がった。

伸びてきた何百本もの根が人を呑み込み、俺達へ迫っている。

祭りの人ごみもあり、もはや辺りは完全にパニックだ。人がもみくちゃになり、逃げる間もなく人々が次々に根に巻き込まれ、見えなくなる。

斎藤と龍音はどうなった?

逃げる人に逆向しようとすると、シンジ兄が腕をつかむ。

「詩音、何やってんの! 僕らも逃げるよ!」

「龍音と斎藤があっちに居る！」

「僕らまで巻き込まれてどうするのさ！」

そう言っている間にも、とてつもない勢いで樹が迫って来た。

「ダメだ！　間に合わない！」

俺は咄嗟《とっさ》に和美姉達をかばうように抱きかかえた。

その瞬間、俺たちを根が覆った。

※

どこか遠く……ずっと遠くで、誰かが泣く声が聞こえた気がした。

暗い暗い闇の中で、まるで助けを求めるかのように。

ハッと目を開けると、辺り一帯が闇で覆われていた。

「どうなった？」

状況が呑み込めずにいると「詩音、大丈夫？」とシンジ兄がスマホのライトをつけた。

眩《まぶ》しくて一瞬目がくらんだ後、暗闇にシンジ兄の顔が浮かぶ。

「俺は大丈夫。岬と和美姉は？」

「こっち。何とか大丈夫」

見るとすぐ横で和美姉が手を振っていた。みんな無事で、ホッと胸をなでおろす。

「何がどうなってる？」

「ちょっと待って、照らすから」

シンジ兄がスマホを周辺に向けて、初めて状況が分かった。

俺達が居た場所だけ、空間が出来ていた。樹の根に呑まれずにいる。ちょうど台風の目のように、ポッカリと俺たち四人だけが、樹の根に呑まれずにいる。

根は、明らかに俺達を避けていた。

静止しているのを見ると、とりあえず生長は収まったのだろうか。恐る恐る触れてみるも、何かが起こるという感じはない。

耳を澄ませるも、まるで世界が死んだかのような静寂に満ちていた。

呑まれた人達はどうなった？

束になった樹の根をどうにかしようとしても、鉄で出来ているかのようにビクともしない。

「おい！　誰か無事な奴居るか!?」

大声で叫ぶも、全く反応は無かった。

いまここに生きているのは俺達だけのように思えた。色々な事が異常なのに、異常過ぎてまるで現実味が湧かない。夢の中にいるみたいだ。

見上げてみると、とてつもなく大きく生長した樹《き》が空を覆い尽くしてしまっていた。枝葉が生い茂り、この街を——辺り一帯を、すっぽりと覆っていたのだ。

「生きてるのが不思議ね……」

和美姉が呆然《ぼうぜん》とした顔で呟く。すると、岬が俺の袖を引っ張った。

「詩音、龍音達はどうなったの？」

「分かんねぇよ」

俺はそっと首を振る。分からない事だらけだったが。

「ねぇ詩音、これって……」

「ああ、たぶんな」

シンジ兄も同じ事を思っている。俺達は、これが龍音の起こした現象ではないかと考えていた。俺達だけが無事だった事がそれを物語っている。

俺が根を上ろうとすると、シンジ兄が俺の肩をつかんだ。

「詩音、何する気？」

「龍音と斎藤を捜しに行く」

「危険だよ！　大体、二人がどこに居るのかも分からないじゃないか！」

「でも、このままジッとなんてしてられるかよ」

言い合っていると、不意に和美姉の携帯が鳴り響き、視線がそちらに集まった。

「わっ！」と驚いた声を上げた和美姉は「父さんから！」と電話に出る。

「携帯通じるの？」

「うん。電波生きてるみたい。……もしもし、父さん⁉ そっち大丈夫⁉」

電話を耳に当てながら叫んだ和美姉は、すぐに「そっか、よかった」と声のトーンを下げた。

「よかった、父さんも家に居て無事だって。実家の方まではまだ大丈夫みたい。ただ、緊急速報とか出ててかなり大騒ぎになってるって」

その話を聞いて、俺は何となく街中が樹々に侵食された夢の光景を思い出した。

今があの夢と同じ現象に襲われているのだとしたら、この状況も理解出来る気がする。

そこでハッとしてスマホを手に取った。電波が生きてるなら斎藤に連絡出来るんじゃねえか。すぐに電話を掛けるも、呼び出し音が鳴るだけで誰も出る気配はない。

「くそっ！ 何で出ないんだよ！」

苛立《いらだ》ちが募る。二人とも無事なのだろうか。

するとシンジ兄が不思議そうに樹の方を見つめた。

「何の音だろう……」

「あっ？ 何がだよ？」

「何か音がするんだ。ほら、歌みたいな」

確かに、どこか遠くから聞き覚えのある音がした。

その音は、この静寂の中でよく響いた。

「あれ、これって『糸』じゃない？　昔流行《はや》ったやつ」

和美姉がそう言い、シンジ兄も頷《うなず》く。

「そうだ『糸』だ。最近カバーされてまた人気出たってなんかで読んだかも」

「斎藤だ……」

「えっ？」

二人が俺を見る。

「あの着信音、斎藤の携帯のやつだ。前聞いたことがある」

「じゃあそこに茜ちゃんいるの？」

「分かんねぇけど」

着信音は、樹の方から聞こえていた。普通なら聞こえるはずもないくらい微かな音だが、皮肉にも静寂がその音を届けた。

――根の中心へ行け。そこに答えがある。

一瞬、あの女の声がした気がした。

いざ根を上るとさほど高さはなく、すぐに上に乗る事が出来た。和美姉や岬たちを引っ張り上げてやる。

根の上から見た祭りの道は、すっかり呑《の》み込まれていた。屋台と同じ高さまで、大量の樹の根が侵食している。

「とりあえず、一旦大通りまで出ようぜ。迂回《うかい》して広い通りから回った方が良さそうだ」

「それならちょっと寄りたいところがあるんだけど」

シンジ兄の言葉に俺は怪訝《けげん》な顔をした。

「寄りたいところって、そんな悠長な事言ってる暇ねえだろ」

「良《い》いから。半分賭けだけど、確認したい事があるんだ」

「あぁ……？」

何が言いたいのか分からなかったが、何か考えがあるなら従っておくか。

大量の樹に侵食された不安定な道を俺達は歩く。

最初は人を踏んでいるような気がして抵抗があったが、やがてその考えも諦めに至った。四の五の言っていられない。

家屋が、建物が、樹に侵食されている。

建物の壁まで蔦《つた》のように根が絡みつき、そこから葉が伸びている。生えている葉は奇妙な形をしていて、何の種類なのかは分からない。

俺達以外に生きている人の姿が一切見当たらず、街が一瞬にして死に絶えたように感じられた。

やがて屋台が並ぶ通りを抜けて、駅前へとたどり着く。大量の根がバラけて広がってお
り、ようやくアスファルトに足をつける事が出来る。

道路にも蔦のように根が走っていた。俺達が思っている以上に、街が侵食されている。

「誰もいないね……」

和美姉が言う。

道路にはいくつもの車があるが、乗っていたであろう人の姿は見当たらない。

俺は何気なく近くのタクシーに近付くと、中を見て息を呑んだ。

車に人型をした樹がいた。人の形をした、不気味な樹の人形が運転席に座っていたのだ。

正確にはそれは、人に絡みついた細かな根の集合体だった。中の人が生きているのかど
うかも分からない。全員が言葉を失った。

「やばいな……」

「ねえ、詩音。本当に行くの？　こんな状態だったら、もう二人共――」

「和美姉」

俺が否定するように和美姉に言葉を被《かぶ》せると、和美姉は視線を落とした。

「……ゴメン」

歩いていると、時々、根はヘビが蠢《うごめ》くようにずるずると動いた。「ヒッ」と岬が小さな
悲鳴を上げる。

「これ、多分生きてるよね……」

変わり果てた街の情景を見て、『審判』という言葉が頭に浮かぶ。

何がトリガーになったかは分からない。でもたぶん龍音に何かがあって、龍の力がこの世界に最悪の形で降り注いだ。

世界はやがて、この樹に呑まれるのかもしれない。

やがて小さなマンションが見えてきた。シンジ兄はそこに用があるらしい。

建物の裏手に回ると、駐輪場にバイクが置かれていた。

それを見てシンジ兄が「やった！」と指を鳴らす。

「シンジ兄、このバイクって？」

「僕のだよ。ここ友達の家で、頼んで停《と》めさせてもらってたんだ。どうにか引っ張り出せそうで良かった」

「その友達は無事なの？」

「ちょうど海外旅行行ってるよ」

バイクのシートを開けて、シンジ兄は「つけて」と俺にヘルメットを渡す。

「乗って。裏道知ってる。来るまでに見たけど、まだ通れそうだった。龍音ちゃんと茜ちゃん、助けに行くんでしょ？」

「シンジ兄……ありがとな」

「お礼は二人を助けてからだね」

どこか不敵な笑みを浮かべたシンジ兄は和美姉に目を向ける。

「和美は岬ちゃん連れて街の外に避難かな」

「えぇ、この状況で普通バラバラに行動する？」

呆《あき》れ顔《がお》の和美姉は、俺の顔を見てやがて口元を緩めた。

「……ちゃんと戻ってきてよ、茜ちゃんと龍音ちゃん連れて」

「分かってるよ。和美姉も気をつけてな」

「気をつけろって言ったって、あんなのが迫ってきたらどうしようも無いけどね」

和美姉が肩を竦《すく》めた。

シンジ兄が鍵を回すとすぐにバイクはエンジン音を鳴らし始める。俺はバイクの後部座席にまたがった。

「詩音」

和美姉と岬が、こちらを見つめてくる。

「あんた……良い面構えになったね。格好いいよ」

「何言ってんだ、この非常時に」

「男、見せてきなさい」

「あたりまえだろ」

「じゃあ行くよ！」

シンジ兄がアクセルを捻《ひね》り、一気に風が全身にぶつかってくる。

和美姉と岬の姿が、一気に遠ざかる。

樹の根の中心。

そこに、きっと二人は居る。

※

大通りに沿った裏道にバイクを走らせ、俺たちは樹の本体に向かう。

遠くから見ても分かるほど異常に巨大な樹。暗くて全貌をはっきり望む事は出来なかったが、周囲に巨大なヘビのようなものが蠢《うごめ》いているのが分かった。

でもそれはヘビじゃない。

樹だ。細かな樹の枝が不気味に蠢いている。

それらが数千、数万と連なり、一本の巨大な樹木みたいになっていた。

生き物みたいに蠢く樹は、中心に近付くにつれ攻撃的になっている気がした。

「シンジ兄！　来るぞ！」

「分かってる！　しっかり摑《つか》まって！」

その途端、地面が大きくひび割れ、樹《き》の根が俺達の進行方向に現れた。

シンジ兄が、上手《うま》くハンドルを切ってそれをかわす。

後ろを振り返ると、何本もの根が俺達を追いかけてきていた。

「まるでヘビの巣だな！」

「本体に近付くやつを敵だと思ってるんだ！」

十字路の交差点で、左右から樹々が押し寄せるのを何とか突っ切る。

その先はもう樹の幹だ。

「何だよ……これ」

俺は思わず息を呑む。

何本もの樹々が巨大な樹の幹と根を形成し、俺達の視界を埋め尽くしていた。どれくらいでかいか分からない。直径だけで数百メートルはありそうだ。

ゆっくり観察している暇はない。背後から樹の根がどんどん押し寄せてくる。

その時、俺は樹の根にほんのわずかな隙間があるのを見つけた。バイクでギリギリ通れそうな空間がある。

俺は思わずそこを指差した。

「シンジ兄！　あそこだ！　あそこから中に入れる！」

「あんなの、入った瞬間に押しつぶされるよ！」

「どの道このままじゃやられる！　一か八かだ！」

シンジ兄は一瞬黙った後「仕方ないなあ！」と言ってバイクのハンドルを切った。

「突っ込むよ！　しっかり掴まって！」

根が押し寄せる。完全に囲まれた。シンジ兄は半ばやけくそでアクセルを捻る。

物凄《ものすご》いスピードでバイクは根の隙間に突っ込んだ。その途端、追いかけて来ていた樹々が動きを止める。俺達を追いかけようとして入り口で詰まっているのだ。

「助かった！」

シンジ兄が歓喜の声を上げた。

「このまま進むよ、奥に続いてるみたい」

「ああ！」

長く狭く暗い道を俺達は走る。バイクのエンジン音だけが、暗闇にこだましていた。

「どこまで続いてんだ……」

道は、ずっと奥へと続く。まるで俺達を誘っているかのように。

左右の壁は全て樹で出来ており、樹の内部に入り込んだのだと実感した。

「ねぇ詩音。前見て」

「何だよ」

シンジ兄に言われて肩越しに視線を向ける。

トンネルが終わりを迎えて、出口が見えていた。光が射《さ》している。

「明るいね。月明かりかな」

「どうなってるのかわかんねぇ。油断すんなよシンジ兄」

「わかってるよ」

出口を抜けた途端、先ほどまでの狭い道が一気に開けた。

シンジ兄はバイクを止め、俺達はその不思議な空間に目を奪われる。

「何だここ……」

思わず呟《つぶや》く。

俺達は、樹の中心にいた。

円柱の中身がくりぬかれたかのように、幹の内部がぽっかりと広場になっているのだ。

ちょうど真上には満月が浮かび、月明かりが上方から差し込んでいる。蛍が辺りを飛び回り、美しく周辺を照らしていた。聖域のように、樹の内部が月と蛍の光で満ちる。

地面には草が生え、花々が咲き誇り、時折どこからか風が吹いて静かに揺れた。

広大な幹の中心部には、仄《ほの》かな光を発した球体があるのが見えた。たくさんの細い樹が、何か光る物を包んで球体状になっている。球体から溢《あふ》れた光が、薄く拡散しているのが分かった。

不覚にも美しい場所だと思った。外と違ってまるでここだけが別世界に見える。

俺はその時、初めて龍と人との差を理解した。龍は単独で兵器にも等しい力を持っている。それだけ人とは決定的な差があるんだ。神と言われかねないほどの、力の差が。

いや、実際に、龍音は神の化身なのだろう。だから世界を滅ぼすほどの力を持っている。

もし、龍音を取り戻せたとして、どうする？

龍を殺せと夢であの女は告げていた。

殺す？　俺が龍音を？　あんな小さな女の子を？

「そんな事、出来るかよ……」

でも、ここまで被害が大きくなってしまったのを目の当たりにした今、やらなければならない気もしていた。そうでなければどんどん被害が大きくなり、多くの人達が死ぬかも知れない。

ただ、もしこの現状を招いたのが龍音だとしても、本当に彼女の命を奪って解決する事が正しい答えなのだろうか。

世界が敵に回っても、俺だけは龍音の味方でいようと決めたのに……。

「詩音」

シンジ兄に呼びかけられる。今は迷ってる場合じゃない。とにかく、斎藤と龍音を捜さなければ。

もう一度斎藤に電話をかけようとしたが、圏外になっていた。さっきまでは電話が繋《つな》がったことを考えると、斎藤のスマホは樹の外側にあったのかも知れない。自力で捜すしかないようだ。

歩いていると、ビシャッと足先が水たまりに入った。

予期していなかった感触に、俺は「わっ」と声を出す。

「大丈夫？」

「ああ、ただの水たまりだった……」

足元に目を落として、言葉を失う。それは水ではなく、血だった。

何でこんなところに血が？　誰の血だ？　様々な疑問が脳裏をよぎる。

右側に違和感があり、俺は確かめるためそちらにスマホのライトを向けた。異物が転がっている。

手だった。サバイバルナイフを握りしめた人の手が、草の上に転がっていた。

いつか夢で見た光景と重なる。だが、目の前のそれは圧倒的なリアルだ。

転がっている手は、見た感じ男の物に見えた。血の付いた男の手だけが転がっている。

斎藤はどうなった？

全身から汗が噴き出て体が震える。斎藤が無残な死に方をしていないという保証はどこにもない。

必死に辺りに目を向けると、白い足が視界に入った。その瞬間、体が麻痺《まひ》をしたかのように、動きが止まる。

もし斎藤が死んでいたとしたら、俺はその時、龍音を許せるのか？

優しく、迎える事が出来るのだろうか？

一切の自信がなかった。あれだけ一緒に居よう、守ろうと心に誓ったのに。

自分の気持ちがボロボロと剝がれ落ちる感覚に襲われる。これまで心に被《かぶ》せていた鎧《よろい》が、音を立てて崩れ落ちていた。

呼吸が浅い。緊張と疲労で頭がおかしくなりそうだ。手が震え、歯はカチカチと音を立てた。無意識のうちに死の恐怖を現実に感じているのかもしれない。

ゆっくりとスマホのライトで前方の足を照らしていく。

見覚えのある模様の浴衣。帯、腕、肩……そして顔。

斎藤はそこで倒れていた。

俺の知っている姿で、先ほど分かれた時と同じように。

「茜！」

すぐに駆け寄って、両手で抱きかかえる。

背後からシンジ兄がこちらに走ってくる音が聞こえた。

「茜、おい、茜！」

揺さぶるも反応が無い。顔色が悪く、死んだように真っ白な顔をしていた。

草で切ったのか、頬や首回りに細かな切り傷がいくつもある。

「詩音、落ち着いて」

理性が吹っ飛びそうになる俺を引き止めたのはシンジ兄だった。

首元に指を当て、脈を取る。だが反応を見るまでもなく、薄く呼吸していることに気がついて全身から力がどっと抜けた。崩れ落ちそうになるのを、何とか堪《こら》える。

すると、小さなうめき声を上げて、茜が目を開いた。

俺と目が合うと、茜は薄く笑みを浮かべる。

「詩音……君」

「大丈夫か。何があった？」

「わからない。私、どうなったんだろう」

茜はそこまで言うと、ハッと目を見開いた。

「そうだ私、確か変な男の人に襲われて……」

「変な男？」

「たぶん、ニュースでやってた通り魔。追いかけられて、刺されそうになって……」

シンジ兄と顔を見合わせる。先程見かけた男の手は、そいつのものじゃないだろうか。

茜は記憶を辿《たど》るように口にすると、ハッと目を開いて俺の肩を強く摑んだ。

「龍音ちゃんは？　龍音ちゃんは無事なの⁉」

「わかんねぇ。龍音、どこにも見当たらないんだ」

「そんな……」

『審判』が下され、災厄がこの世に満ちた。原因は茜の命に危険が及んだからだった。

茜が刺されそうになって、龍音が強い恐怖を抱いて、それがトリガーになった。

過去に起こった事と一緒だ。人が間違って、龍音を驚かせたり、怒らせたりする。

その結果がこの状態なんだ。

「俺、最低だ……」

「えっ？」

「一瞬だけ、龍音の事疑った」

「どういう事？」

「もし龍音が茜を殺していたらって考えてた。あいつが、ただ人を殺しまくる奴かもしれないって、そう思っちまった。あいつは、茜を守ろうとしてくれただけなのに」

俺達が無事だったのも、茜が生きていたのも、全部、龍音が抵抗したからだ。

力が暴走しても、あいつは俺達を守ってくれた。なのに、俺はただ龍音に恐怖していた。

俺がうつむいていると、そっと茜が俺の手を取った。

「一瞬だけ、声が聞こえた気がしたの」

「声？」

「龍音ちゃんが泣く声。詩音君の名前、呼ぶ声」

その声は俺も聞いた。祭りの喧騒《けんそう》の中で、一瞬だけ。

「何が起こっているのかよくわからないんだけど、私が生きてるのって、龍音ちゃんのお陰なのかな……」

「たぶんな」

『詩音――』

不意に、誰かが俺を呼ぶ声が聞こえた気がした。俺は声がした方に顔を向ける。

この広場の空間にある、仄かに光る不思議な球体。その中に誰かが居る。

「龍音だ……」

「詩音、どうしたの？」

シンジ兄が尋ねてくる。

「龍音が呼んでる」

「え……？」

「あそこの球体。あの中に龍音がいる」

「何で分かるのさ？」

「分かんねえ。何となくだ」

行かなきゃ。そう思ったけれど、体が動かない。

行ってさっきのナイフで龍音を殺すのか？　俺はどんな顔であいつに会えばいい？

「詩音君、行ってあげて？　龍音ちゃん、きっと待ってる。詩音君が抱きしめてくれるのを」

「茜……」

「おばあちゃんが死んだ時、辛《つら》かった。大切な人が居なくなって、すごく孤独な気持ちになったの。龍音ちゃんがもし今、孤独で居るのなら……そんな寂しい想《おも》いはして欲しくない」

茜は涙を浮かべた。

「大切な人が、知らないうちに居なくなるのは……嫌だよ」

龍音の顔が浮かぶ。少しずつ色んな表情を見せるようになって、普段は無表情なくせに、沢山の言葉を目で語っていた。繋いだ手は小さくて、抱きしめると温かかった。

その小さな手を、守ってやりたいと思った。

「シンジ兄、茜の事頼んだ」

「どこ行くつもり？」

「龍音を迎えにいく」

「危険だよ、死ぬかも知れない。だって龍音ちゃんは――」

俺は手でシンジ兄の言葉を制すると笑みを浮かべた。

「あいつを迎えに行けるのは、俺だけなんだ」

「詩音……」

シンジ兄は悲愴《ひそう》な表情を浮かべた後、決意したように頷《うなず》いた。

「分かった、ここで待ってるよ。でも約束だ。死なないでよ」

「ああ。多分な」

俺は先程見つけた男の腕の元に足を運ぶと、少し迷ったが落ちている腕を拾った。

嫌な感触が指先に広がる。まるで人形みたいに無機質で、それがかつて人間の一部だったとは思えないほど冷たかった。

すっかり硬くなった手からサバイバルナイフを無理やり剝ぎ取り、茜をシンジ兄に任せて球体に近付いた。

多分これは、この樹のコアだ。

弱点とも言えるような場所に、何故《なぜ》道が通じていたのか少し考えた。まるで誰かがこうして入れるように作られた道みたいだと。それは恐らく、正しいのだと思う。

この大樹をもし龍音が作り出したのだとしたら、きっと龍音は誰かに助けられる事を望んでいる。

誰かに来て欲しいと龍音が願ったからこそ、道は生まれた。

この樹は、龍音の心そのものなんだ。

だから思うんだ。龍音はまだ人と繋がりたいんじゃないかって。

何本もの枝が絡まるようにして球体となった物体。

近くに行くと、今度ははっきりと聞こえた。子供の……龍音の泣く声が。

俺は球体の方へと歩いていく。

その時、何かがヒュッと、横から空を切るのが分かった。思わずその場に倒れこむ。

頭の上を、鞭《むち》のようなものがかすめていた。

鞭じゃない。樹だ。樹が俺に攻撃してきたのだ。

まるで球体を守ろうとするように、枝が周囲から伸びてきている。コアを守ろうとしていた。防衛本能なのだろう。近付くと間違いなく無事では済まない。

先程手にした腕を思い出す。人形のように冷たく、硬くなった腕。俺もあんな風になってしまうかもしれない。

体が震えるのを深呼吸して抑えた。

ここで逃げたら……あいつを拒んだら。

あいつの味方でいてやれる奴は、この世界にいなくなる。

俺にとっての居場所が龍音であるように、龍音にとっての居場所が俺なんだ。

龍音がひとりぼっちだった姿を知っている。無表情なのに、どこか寂しさを見せていた姿を知っている。

だから、迎えに行く。

走り出した。様子を見ていた枝々が全方位から一斉に襲いかかってくるのが分かる。

正面から来た樹を、身をひねってかろうじてかわした。すると横から来た枝に対処出来ず、肩がかすった。浅かったが、体がえぐられるのがわかった。

「くそっ！」

よろけた所を、足元に来た枝が俺の腿《もも》を貫いた。激痛が走り、俺は叫んだ。

「詩音！」

叫んだシンジ兄に「来んな！」と制した。

痛みを超えて、俺の伸ばした手が球体に届く。周囲を囲む枝を、ナイフを使って無理やり切り拓《ひら》いた。かなり本数がある。でも進むのは無理じゃない。折れた枝が俺の指に刺さっても、構わず続けた。

枝を引き裂く俺を、さらに枝が貫いた。

三本、四本、五本。枝が俺の背中や腕や足を貫き、串刺しにしていく。

ナイフを握る手に力が入らなくなる。徐々に力負けして、体も動かなくなってきた。

茜やシンジ兄が叫んでいる。でも何を言っているかは分からない。

音が遠い。

でも近くから、声が聞こえる。龍音の声だ。

「龍音……！」

最後の力を振り絞ってナイフで球体のまわりの枝を取り除くのと、正面から現れた太い枝が俺の心臓を正確に貫くのはほぼ同時だった。

体が痙攣《けいれん》し、口から血を吐いた。

意識が飛びそうになる。視界が真っ白になる。

寒い。体が、酷《ひど》く冷える。

口から、鼻から、血が流れる。

視界が暗くなる。

※

真っ暗だ。

その中に一人だけ、光を纏《まと》った少女の姿が浮かんでいた。

大粒の涙を流して、彼女はわんわん泣いている。

その声だけが聞こえていた。

大切な、守らなくちゃならない女の子。

動けない。それでも俺は暗闇の中、手を伸ばした。

必死に伸ばしたその指先は、確かに触れた。

温かい。

少女の涙が、俺の指に掛かる。

伸ばした手は、龍音の頰に触れていた。

ハッと、意識が戻った。夢じゃない。

大粒の涙を流して、わんわん泣く、龍の鱗《うろこ》に身を包まれた少女がいる。仄《ほの》かな光に包まれた龍の鱗が、光源となり、彼女を包んでいた。

たった一人、寂しそうに立ち尽くして龍音は泣いている。いっつも無表情だったくせに、真っ赤に目を泣きはらして。

俺は無理やり手を動かした。全身から血が噴き出る。胸を貫かれていた。傷口が広がり、肉がえぐれる。

それでも、俺は無理やり前に進んだ。

――龍を殺せ。

呪いのようにあの女の声が聞こえてくる。

幸いにも俺の手にまだサバイバルナイフが握られていた。

俺はもう助からない。龍音を助ける事は出来なかった。

それならせめて、最後に俺の手で龍音を殺してやるべきなのかも知れない。

龍音を抱きしめて、気づかれないように背中にナイフを突き立てたら良《い》い。それだけで全てを終わらせる事が出来る。

「……出来るかよ」

俺は諦めたように笑みを浮かべると、手にしたナイフを投げ捨てた。

出来るはずないだろ。

たとえ龍音を殺さなかったせいでこの世が滅ぶとしても、俺にとって龍音は世界中の奴より大事なんだ。

それで龍音が世界中の人間から憎まれ、恨まれるなら。

神様、俺に背負わせてくれ。

だから俺から龍音を奪わないでくれ。

俺は龍音の頬をそっと手のひらで包むと、強く抱き寄せた。

「大丈夫だ、ここにいる」

龍音の泣き声が、まるで子守唄のように響く。抱きしめた龍音は、温かかった。

「詩音……詩音……」

「迎えに来たぞ。帰ろう、龍音」

抱きしめた龍音が、静かに頷く。

死ぬほど痛いはずなのに、不思議と、痛みが和らいだ気がした。

何かが軋《きし》む音がしたかと思うと、俺の心臓を貫いていた枝が、灰のように溶けて消える。

俺たちを囲んでいた枝も、同じようにして次々と朽ちてゆく。

まるで氷が溶けるように、樹が崩れ始め、大きな光に包まれた。

光が、俺たちを包んでいた。

それは、祝福のようにも思えた。

龍音は泣きやむと、涙目の大きな瞳で、俺の顔を見つめる。

「悪《わり》ぃ。怖い思いさせたな」

「詩音……」

「大丈夫だ。俺が傍《そば》に居る。いつも一緒だ。みんな待ってる。だから、帰ろう」

「うん」

感覚が全くない。寒さももう感じない。たぶん俺は、もうすぐ死ぬ。

でも、もう大丈夫だ。きっと大丈夫。

俺はそっと目を瞑《つむ》った。

第十話　これからも

いつの間にか、じいさんの家で、縁側に座っていた。

夕焼けが庭を照らしていて、草花が美しく咲き誇る花壇を茜色《あかねいろ》に染めている。

風が温かく、柔らかかった。雲がゆっくりと、空を走っている。

「終わったか」

横にあの女が座っていた。いつか夢の中に出てきた女が。という事は、ここは俺が以前見た夢の世界か。

荒廃した風景が広がる世界。

違ったのは、夕陽《ゆうひ》が柔らかく降り注いでいた事と。

そして女が優しい顔をしていたという事だ。

無機質だけど、どこか温かな表情をしている。

俺はその顔をよく知っていた。

「悪かったな。お前との約束は果たせなかった。俺のせいで、世界が滅んじまった」

俺が言うと「大丈夫だ」と彼女は穏やかな笑みを浮かべた。

「お前が抱きしめたおかげであの子は戻って来られた。殺戮《さつりく》の感情からな」

「なら良いけどな」

「お疲れ様。そしてありがとう。あの子を殺さないでいてくれて」

怒られるかと思ったが、礼を言われるとは思わなかった。本当はこの女も、龍音《りと》を殺さないでほしかったのかも知れない。

まぁ、そりゃそうか。

風が俺たちの頬を撫《な》でて、抜けていく。緩やかな時の流れを感じた。

「なぁ、一つ尋ねても良いか」

「どうした？」

「お前、龍音だよな」

俺が尋ねると、彼女は——大人になった龍音は意外そうにこちらを向いた。

「何故《なぜ》分かった？」

「何となく、そんな気がした。最初は龍音を生んだ神様かと思ったけど。何か違うって」

前に俺が気づかなかった時、彼女は寂しそうな表情を浮かべていた。

それは多分、俺に気づいてほしかったんじゃないだろうか。

「……気づくと思わなかった」

「舐《な》めんなよ。むしろ、最初に会った時に気づいてやりたかったよ」

俺が初めてこいつに会った時、懐かしさに近い感覚を覚えていた。多分それは、龍音だと無意識に感じていたからだ。

「俺がここに来れたのは、やっぱりお前と繋《つな》がってるからか」

「……恐らくな。私とお前の間には絆《きずな》があった。精神的な繋がりが橋渡しとなった」

街が樹の根に侵食される中、じいさんの家は傷一つつかなかった。それは、この家が龍音にとって大切な家だったからだ。

きっとここは、俺があの時、龍音を救えなかった世界の先に生まれた未来。

樹《き》が俺達を侵食しなかったように、幼い頃の龍音はこの家も守っていたのだ。

そして、大人になった今も守り続けていた。

「この世界って、もう人間は滅んだのか？」

「ほとんどの人間は、あの樹が生長すると共に呑《の》まれた。あの時、詩音《しおん》の手は私に届かなかった。私の目の前で樹に刺されて死んだ」

あの時、樹の中心で俺は胸を貫かれた。一度意識を失ったが、何故かもう一度意識を覚醒させる事が出来た。だから俺の手は、龍音に届いた。

でも、きっとこの龍音が歩んだ世界の俺は、意識を失って目覚めなかった。

それが、分岐点になったんじゃないだろうか。

ただ、一体どうして？

「あっ……」

思い出す。そう言えばキスされたな、こいつに。

「龍の祝福か。あれのお陰で助かったのか」

「あれは嘘《うそ》」

ぶらぶらと足を投げ出して、大人の龍音は言う。その顔は、幼い少女のようなイタズラっぽさを感じさせた。

「嘘？」

「祝福などない。肝心なのは、詩音に飲ませた私の唾液だ」

「唾液？」

「龍の体液は人の傷を癒《いや》す。唇を通じて、私の唾液を流し込んだ」

俺はいつか岬《みさき》の怪我《けが》を龍音が舐めて治してしまったという話を思い出す。

「効果があるかは分からなかった。半分賭けだった。でもこうして詩音が過去の私を救えたのを見ると、成功したんだと思う」

「『私とお前を繋ぐ橋になる』とか言ってたの過去の話かよ」

だからって普通キスするか？

まぁ、お陰で助かったし。今となっては全部過ぎた事だな。

「にしても、お前って成長したらそんな性格なのな」

「過去の私を救ったのなら、性格も変わるだろう」

「そうかもな。……なぁ龍音」

「何」

「寂しい思いさせてゴメンな」

「……詩音が居なかったら、きっともっと辛《つら》かった」

「じゃあこれから一緒に暮らすか、こっちで。つっても、俺はもう幽霊だけど」

「それは無理」

ピシャリと水を掛けるかのような龍音の言葉が、俺を黙らせる。

「ここは未来で、過去は変わった。過去が変われば未来は変わる。その証拠に、ほら」

龍音は俺に手を差し出してくる。

透けていた。

龍音だけじゃない。周囲の世界も、どんどん溶けるように歪《ゆが》んでいく。

「もうすぐこの世界は消える。過去が変わったから。存在自体が無くなるんだ」

「龍音……」

「詩音、私はもう疲れたよ。独りで居ることに」

龍音は、そっと俺の手を取る。

「だからお願い。私にもっと楽しい思い出をあげて。詩音には、まだ向こうにいてほしい」

龍音はそう言うと、そっと微笑《ほほえ》んだ。

「私によろしく、詩音」


「龍音！」

ハッと体を起こすと、全身に鈍い痛みが走って思わずうめき声を上げた。頭が随分とガンガンする。視界が揺れるような感覚に襲われ、俺はしばらく頭を押さえた。

「痛っ……何だ？」

顔をしかめながら辺りを見ると、色々な情報が入ってきた。

ピッピという電子音。時計の刻む音。身体《からだ》にかかったシーツ。病院の一室だ。

そして俺を見つめる誰かの顔。

龍音の顔だった。

「詩音……」

「龍音」

龍音の目はどんどん見開かれる。無表情なやつだけど、今ならよく分かる。この顔は、驚いた時の顔だ。

龍音はまん丸な目で俺の姿を瞳に映すと、ボロボロと涙をこぼして泣き始めた。

「じおん！　じおん！」

濁点の交ざった呼び名で、俺を何度も呼び飛びかかってくる。抱きかかえようとしたが、力が入らず押し倒された。

「龍音ちゃん？　どうしたの？」

騒ぎを聞きつけて、和美姉《かずみねえ》やシンジ兄《にい》が寄ってくる。茜《あかね》に岬、親父《おやじ》や近藤《こんどう》まで居やがる。

その姿を見て俺は全てが終わったことを理解し、薄く笑った。

「ただいま」

「おがえりなざい」

世話の焼ける奴だな、まったく。

でも、嫌いじゃない。

※

こうして、災厄の刻《とき》は終わりを遂げた。

街を襲った現象は、表向きには地震として処理された。

大きな災害であったにもかかわらず、ほとんどの人が無事だった事から奇跡として取り上げられた。

行方不明一名。

怪我人数名。

街を包み込んだ光る樹《き》は、まるで命を芽生えさせるかのように静寂に包まれた街に人々の声を蘇《よみがえ》らせたのだ。

ただ、事件の発端となった犯人の行方は、とうとう分からなかった。

災厄に巻き込まれた人達は薄《う》っすらと記憶はあるものの、自分達に起こった出来事をうまく説明出来ずにいるようだった。

それはあまりにも奇妙で、最終的に集団で同じ夢を見たという顛末《てんまつ》に落ちついた。

龍音を抱きしめた時、俺は致命傷を受けていた。

何十本もの枝が俺を貫き、そして最後は腕ほどの太さの枝が俺の心臓を正面から貫いた。

でも、俺の傷はほぼ完治していた。致命傷だった俺が助かったのも、たぶんあの光る樹の力によるものだ。

加えて、泣いている龍音を抱きしめたのもでかかったんじゃないだろうか。

唾液と同じく、涙もまた血液とほぼ同じ成分で出来ていると言われている。

龍の体液による治癒が血の力だとするならば。

龍音の涙が俺の致命傷をいち早く癒し、留《とど》めてくれたのだろう。だから俺は、生きて帰る事が出来た。

ただ、一つ思う事があった。

「あいつ……キス以外に方法なかったのかよ」

病院の屋上で、青空を眺めながら俺はぼやいた。俺は大人になった龍音に唾液を流し込まれたわけだが、そんな事せずとも、もっとやりようがあった気もしないではない。

龍音は白いシーツが風に揺れるのを興味深そうに眺めている。

「キスがどうかしたの？」

いつの間にやってきたのか、茜が首を傾《かし》げて立っていた。

「別に」

「ならいいんだけど……」

茜が横に座る。微妙な沈黙が満ちた。

「あの」

「お前、」

二人して声が被《かぶ》る。どうぞと言われたのでお言葉に甘える事にした。

「お前、もう体調はいいのか？」

「うん。おかげ様ですっかり良好だよ」

「良かったな」

再び沈黙。何だこれは。前までこんなに気まずかったか。

「あの、詩音君」

「何だよ」

「その、私の事『茜』って呼んでくれるんだね……」

「はぁ？　何がだよ。……えっ？」

　気付いていなかった。一体いつからそう呼んでたんだ。

　って言うか。

「そう言うお前もいつの間にか『詩音』って呼んでるじゃねぇか！」

「へっ？」

　最初は呆然《ぼうぜん》としていた茜の顔がハッとすると、徐々に真っ赤になっていった。

「ご、ごごごごめんなさい！　わわ、私、私ぃ！」

「もういいって！　別に気にしてねぇから呼び方くらい！　好きに呼んでくれ！」

「うん……」

「焦り過ぎなんだよ……。まぁ俺もだけど」

　二人揃《そろ》ってガクッと肩から力が抜ける。

　そして三度の沈黙の後――

「ぷっ」

　俺達はどちらともなく笑い出した。

　そんな俺達を、チョウチョを捕まえた龍音が不思議そうに見つめていた。

※

拝啓、じいさん。
そっちは元気か。
こっちは何とかやってる。
あんたから預かった龍音は相変わらず元気だ。
前より表情が豊かになって、何考えてるのかも分かるようになった。
なぁじいさん。
俺はあんたがずっと許せなかった。
何の理由もなしに俺の事を見捨てるような、薄情な人間だと思ってた。
でも最近気づいたんだ。
人の事をちゃんと見られてなかったのは、俺だったんだって。
龍音が来てから、色んな事があった。
それまで誰も居なかった俺の世界に、急に人が集まり始めた。
和美姉やシンジ兄、茜に近藤。

あの親父ですら、最近では少し話せるようになった。

こうして色んな人と話せるようになったのは、龍音が来て、俺がちゃんと人に目を向けるようになったからだと思う。

そして、じいさん。

あんたの事も知る事が出来た。

時々思うんだ。何で神様は龍の子を人に託すのかって。

多分、神様は信じたいんじゃないのか。

種族が違っても、分かり合う事が出来るのだと。

仲間や友達や恋人や、家族にもなれるって。

だから、龍音をあんたに託した。

『試練』なんてのは、案外建前や方便かもな。

あんたはずっと俺の事、信じてくれてたんだよな。

俺がグレてる間もずっと、俺なら正しい道を歩けるって。

神様があんたに龍音を渡した事、そしてあんたが俺に龍音を託してくれた事を、間違いにしたくない。

バトンはちゃんと受け取ったから。これから頑張るよ。

人と龍……種族は違っても、一緒に生きていける。

それを龍音と一緒に証明していく。

大丈夫、あいつは邪になんかならない。

じいさんから、たくさんの愛情や優しさを受け取ってるからな。

※

「龍音、帰るぞ」

「うん」

夏が終わり、秋が過ぎて冬になった。

龍音と暮らし始めて、もう半年以上が経《た》っていた。

「だいぶ寒くなってきたな」

「今日のご飯何買ったの？」

「おでんだ」

吹き付ける冬の風は冷たい。

夕暮れに照らされ茜色に染まった街は、どこか懐かしさを感じさせた。

あの事件以降、復興が進み街は少しずつかつての姿を取り戻しつつある。

その情景を眺めながら、俺たちは手を繋《つな》いでゆっくりと家路につく。

「俺も来年は受験か。龍音の小学校ももうちょいだな」

「いつから？」

「来年六歳だろ？　再来年じゃね？」

あの巨大な樹が街を包んだ後、沢山の緑が街を美しく染めた。公園には新しい樹木が増え、夏の間は花も増えたらしい。

今でも思う事がある。

あの樹は、本来世界を回復させるためのものじゃないだろうかと。

だから俺の傷を癒せた。

そしてそれは、龍音が世界の存続を望んだからこそ生まれた力なんだと思う。

龍が世界を滅ぼすと同時に、再起させる事も出来るのだとしたら。

龍音はやっぱり神様の世界の住民なのだろう。

世界の行く末を選択するのが龍音の使命なら、俺も一緒に背負ってやりたいと思う。

「見ろよ、夕陽《ゆうひ》がきれいだな」

「お腹《なか》減った」

「ちょっとは自然を愛《め》でろよ」

だからこれからも、俺達は一緒に居る。

「早く帰って、飯食いたいな」

「うん」

世界のためじゃない。

俺の隣が龍音の居場所で――

「帰ったらただいまって元気に言う」

「じゃあ練習してみっか」

「うん」

「せーの」

「「ただいま」」

龍音の隣が、俺の居場所だからだ。

富士見Ｌ文庫

龍《りゅう》の子《こ》、育《そだ》てます。

坂《さか》

2024年３月15日　初版発行

発行者　山下直久
発　行　株式会社 KADOKAWA
〒102-8177　東京都千代田区富士見2-13-3
電話　0570-002-301（ナビダイヤル）

印刷所　株式会社暁印刷
製本所　本間製本株式会社
装丁者　西村弘美

定価はカバーに表示してあります。　◇◇◇

●お問い合わせ
https://www.kadokawa.co.jp/（「お問い合わせ」へお進みください）
※内容によっては、お答えできない場合があります。
※サポートは日本国内のみとさせていただきます。
※Japanese text only

ISBN 978-4-04-075335-5 C0193